i

为了人与书的相遇

孤独课

Learnings

from

Solitude

亚然 著

广西师范大学出版社

· 桂林 ·

图书在版编目(CIP)数据

孤独课 / 亚然著 . –– 桂林：广西师范大学出版社，
2019.10
ISBN 978–7–5598–2193–5

Ⅰ . ①孤… Ⅱ . ①亚… Ⅲ . ①散文集 – 中国 – 当代
Ⅳ . ① I267

中国版本图书馆 CIP 数据核字 (2019) 第 192905 号

广西师范大学出版社出版发行

广西桂林市五里店路 9 号　邮政编码：541004
网址：www.bbtpress.com

出 版 人：张艺兵
责任编辑：罗丹妮
特约编辑：张旖旎　田南山
装帧设计：马志方　涂星村
内文制作：李丹华
全国新华书店经销
发行热线：010–64284815
山东鸿君杰文化发展有限公司

开本：787mm×1092mm　1/32
印张：9.5 字数：150千字 图片：9幅
2019年10月第1版　2019年10月第1次印刷
定价：49.80元

如发现印装质量问题，影响阅读，请与出版社发行部门联系调换。

孤岛

那一年的旁听生

马家辉

  那一年，我在香港城市大学替本科生开了一门跟阅读和出版有关的通识科目，早上九点钟的课，每个星期三挣扎起床，痛苦难堪，偶尔迟到，非常不好意思。准时的倒是一些学生，尤其是旁听的学生，从香港中文大学来，从香港大学来，我的"人气"，嘿，是不错的。

  有位香港中文大学的研究生，来自上海，据后来她说，每星期三她清晨六点半起床，老远来到九龙塘，放下书包占了前排位子，然后到餐厅吃早点，然后前来专心听课。毕业后她回到上海，和我和张家瑜成为朋友，并开展了不少文化活动的合作项目。旁听的缘分，可以由浅入深。

  另一位结缘的旁听生便是关仲然，Tommy，而我惯称他作"Tommy仔"或"四眼仔"。

那一年，他仍是香港中文大学的本科生，高，瘦，斯文，俊朗，戴眼镜，打扮时髦而得体，坐在位子上沉静地听着我在讲台上侃侃而谈，看在我眼里是非常硬核的文青。课后他趋前跟我聊天，后来，再聊，再聊，又再聊，相约吃饭见面，交上了朋友。但与其说是聊天，毋宁说是我讲他听，我比他整整年长卅岁，或者我们面对长辈都是这样的，都是听得多而说得少，尤其面对像我这样的放肆系长辈，我口没遮拦，我口若悬河，我口水多过浪花，他就只安静地专心地聆听聆听再聆听，点着头，用笑声回应我的无聊笑话和粗鄙脏话，扮演着称职的"独家听众"角色。

再后来便不止是听众了。我们经常见面，甚至我和妻子和他和他的女朋友会结伴到外地旅行，而有些适合的文化演讲活动，在香港或台北或大陆，我找他跟在身边做临时助理，既可帮我忙，也让他有机会见见世面与人情；我有时候发他工资，有时候没有，但不管有没有他都会礼貌周周地传讯表达"感谢带我开眼界"之类，懂事得有着跟他年纪不太相衬的世故。

大学毕业后的Tommy仔前赴英国攻读硕士，我猜想只是一两年的短期进修，学成回港他便会投入工作，或考政府AO，或做传媒记者，或变身公关，总之凭借他的人脉和才能不难找到冒升的出路，而到最后，如果运气不太坏，自能指点江山、名成利就。我对这位求知欲旺盛（他是书迷，见书必读）、EQ人缘强劲（他成功争取了许多出版和传媒机构的实习机会）的年轻人怀抱信心。可是，我错了。硕士课程结束后，关仲然决定继续升学，读博士，做研究，在学术领域漫游探索。Tommy仔没有走上KOL之路，可能因为那太容易了，不好玩，不刺激。他选择的是另一条更为艰难的道路——他要做读书人，说严重些，是想做知识分子。

这可是认真而严肃的承诺啊对于他自己。关仲然在书里是这样表白的：

选择读博士的都是成年人，每个选择都应该是思前想后的结果，选择了就好好走下去，才算对得起自己。或许几十年前，还有读大学、读博士是"天之骄子"的神话，但今天如果仍然幻想博士毕业之后可以轻易取得终身教席、可以立即升上神台前途一片光明的话，其实跟相信"大赌可以变李嘉诚"没有两样。做博士研究、走学术路当然困难，但只要我们对自己有要求、对生命认真的话，其实都一样困难。无论读博士做研究，抑或上班工作都无分别。

是的，选了，便得走下去，而且要用力地走下去，所以关仲然在英国读书的日子里，努力读，闭门读，如他说："我选择了走读书的路，读书就是我的工作，所以必须拼命去读，将书单上有的都读完。那时候，虽然一个星期只得两天有课，但那两天也是我唯一会步出宿舍的日子。"

然而书房以外的世界毕竟仍在召唤青春，或因拍拖访友（所以 V 和 K 经常出现于他的笔下），或因旅行行走（所以他写了艾雷岛和东京），或因出席会议（所以他会突然现身于苏黎世），或因研究撰述（所以他在台北和德国杜宾根住了好一阵子），关仲然的留学脚印经常以不同的理由延伸到地球的不同角落，他去看、去听、去观察、去体会，用读书人的身份去跟世界对话。而无论是在书房以内或以外，是忙碌是悠闲，是沮丧是欢欣，他都跟一些自小养成的文化品位和生活嗜好不离不弃，如品鉴威士忌，如观赏英国足球，如聆听古典音乐，他享受、思考、分析、讨论，用读书人的身份去跟它们相处。

这便要谈我曾向 Tommy 仔说的一句话："攻读博士，真正意义并非为了选择将来要做什么职业，而是选择一种精神生活方式。"Tommy 仔当时略带微笑地望着我，没说同意，也没说不同意，他总是那么沉静，从踏进我的教室到坐在我家客厅，从做我的旁听学生到成为我的忘年小友，都没变。

《孤独课》正是一位年轻读书人的精神生活方式的文字记录。过去几年，关仲然处于外地留学的游走状态，知识是他的核心养分，并由此衍生枝叶，透过书写，在不同的香港媒体上向他的同辈读者展露容颜。日后的关仲然肯定会继续写写写，写出更多的或许更深刻的文章和论著，但日后的挑战和磨炼亦必更多更难，所以，作为他的第一本书，《孤独课》的难得意义在于记录了他的"纯真年代"，让读者看见并伴随他的精神浪荡。是的，读者。不一样的读者有不一样的心情。资深读者如我读了，最强烈的感觉是羡慕甚至妒忌，年轻真好啊！其实自己也曾有过这样的年轻，可惜已经回不去了。青春读者或许如你，读了，如果你亦是跟关仲然类近的读书人，想必能有深刻的共鸣，暗暗感动于原来世上确有声气相投的陌生同志。

而于若干年后，当关仲然不再年轻，当他站到学院讲坛，说不定亦会瞄见最前排坐着一位旁听生，用他昔日所曾拥有的青春眼睛仰望台上，下课后，亦会趋前跟他聊天，然后成为他的忘年小友，并且选择相同的读书人的道路。只因曾经读过这本《孤独课》，旁听生兴起了相同念头：即使年代已经不同，我也想过一次像他笔下的留学生活，然后把自己的留学生活记录下来。

一代连一代的读书人的精神生活，确是常用这样的方式记录和传承下来的。而读书人，其实从来不曾孤独过。

自序：孤寂的读书路

　　离乡别井身在异地，英文是 diaspora，这个英文单字看起来总是带点无以名状的沧桑感觉。独个儿在外地读书生活，因为你不是本地人，无论你如何打破语言的界限、怎样融入当地的生活之中，你始终都会跟那个不属于你的城市保持着一种距离，慢慢成为了繁华闹市中的一座孤岛。

　　但这种距离也不必然是负面的情绪，因为你同时拥有一种近乎没有规范的自由，通过这种自己与所住的城市之间的距离、自己与我城香港的距离，无论在生活上抑或思想上都保持一种清醒、得到更多空间。而这本书的文章，就是以一个孤独的、diaspora 的视角，记下在留学生活中所遇到的人与事。

孤寂的留学生活当然不是暗淡无光，只是更需要靠自己努力去添加色彩。一个人吃饭，一个人逛书店，一个人上酒馆，一个人去看足球、听音乐会；所看到的、听到的、想到的，都不会比联群结队的时候来得少。写作变成一种对话，将这些看到听到想到的人和事都记下来。而这本书，就是这些自我对话的结集。

　　全书分成四个主题，写读书的路途，写生活日常的干涩和快乐，也写我在研究生活以外所开辟的 comfort zone，还有我始终最关心的政治时事。因为都是人在留学读书的时候书写，所以归根结底，"读书"是贯穿全书的重要主题，或者应该说，我的身份本来就是读书人，所踏上的也是读书这条路。文章是近两年所写，主要写在伦敦，也有一部分在台北和香港书写。

　　因为踏上读书这条路，所以才会打开一道又一道的门。这段路我只是刚刚开始走上，而且前面尚有一万里路要走。这本小书，标志着这个旅程的开始。

　　是为序。

目 录

I 读书的路途

II 三城记

III 生活的干涩和快乐

IV 我的 comfort zone

I

读书的路途

孤岛

　　读书研究的生活必须规律，无论在伦敦抑或台北都一样，都是起床、吃饭、工作，然后回家。圣诞也好佛诞也好，都跟我们没有关系，因为研究生的日历每一天都是黑色的：没有假期、没有休息。

　　做研究的生活规律之余，而且孤独，当台湾的麦当劳最近也可以自助点餐的时候，真的可以一天到晚完全不用开口说一句话。所以"no man is an island"这句说话其实不对，每个研究生都是一座孤岛。

　　难怪久不久就有报道说，要多多关注研究生的心理健康。最近美国有研究发现：研究生比一般人感到抑郁焦虑的机会超出六倍。人的情绪就像一个循环，总会有固定时间的潮起潮落。我的专栏一直以来都写读书的生活，读者或多或少应该捕捉得到我最近的情绪状态处于什么位置。

我在台北住古亭，工作的地方在大安，之前气温还在三十度以下，可以穿过大安森林公园慢慢走到办公室，总见到一群大妈聚集晨运，几只松鼠跑来跑去，还有一对又一对的男女、男男或女女在拍拖在亲热。但六月未到，台北已经热得像火炉，看新闻说今年台湾香港都一样，都是破纪录的炎夏。一到室外已经全身湿透、几乎立即溶掉，我差点以为自己是玛利欧（Mario）[1]，去了会喷火有熔岩的世界。

因为只在台北待半年左右，可以租住选择的地方都没有太多，最后选了一间小小的劏房，就在一栋老旧的大厦里面。房间楼底很高，台湾朋友说这些是"楼中楼"，床就在阁楼上面。对于常常在家工作的人来说，书台跟床的距离还是愈远愈好，分成两层就最好不过。不过劏房没有窗口，外面天晴抑或下雨都不知道；而且没有厨房，一天三餐都要在外面解决，思考"晚餐吃什么"就成为每日最大的难题。

读书人容易觉得孤独和失落，不过反过来也一样容易

1　编注：又译作马里奥。又，本书有粤语特色，其用语遵照"名从主人"原则不改，对相应的粤语用词则另加编注，特此说明。

快乐和满足，到书店逛逛然后捧着一堆新书回家就是最好的方法。最近读江勇振教授写的《舍我其谁：胡适》（刚刚出到第四部）读得入神，读胡适先生如何走上留学的路，又如何从修读农学转到哲学。胡适是留学生，我也是留学生，就算永远不可能成为胡适，也要以胡适先生作为目标，奋斗一下。

最近还有一件小事为我的苦闷生活带来一点欢乐。在台湾消费，无论饮食玩乐都总有张发票（即单据），所以在台湾生活的人总会收集这些发票，为的是参加由官方举办、每两个月一次的发票号码大抽奖，特别大奖的奖金是 1000 万新台币。

去过我的劏房的朋友都笑我像独居老人，因为我有个装满发票的信封。而且每晚回家之后，总会将当日的发票资料输入手机的"云端发票"App，方便"对奖"。最近终于开奖，在我一共百多张发票之中，有两张中了"六奖"，共得 400 元整，真是可喜可贺，对吗？

大留学潮

眨眼来了伦敦差不多三个月，开学之后一直大忙，读了很多课程相关的书和文章，充实到不得了。因为忘我投入学海，很快就适应新生活。这里的生活简单，就是读书和照顾以往不需自己照顾的三餐饮食，即买餸[1]煮饭。机械一般的生活，日复一日，时间转眼就过。

身边大半的同学来自不同国家，大家最常讲的都是记挂自己老家，念兹在兹的都是家人和朋友，还有天气和食物。我还记挂以前常常流连书店的日子，来回扫射"猪肉台"上的变化，哪本书是新出版哪本书搬上架了，基本上都掌握

1　编注：意即买菜。

一二。现在要在伦敦读新出版的中文书，动辄要女友寄包裹飞越半个地球才能读到，运费跟书价看齐（甚至更贵），实在太过奢侈，所以至今只寄过一本、读过一本。宁愿写下书单，待回港之时才买过痛快。而那本越洋寄来的书，是和自己非常贴切的一本书——《大留学潮》。

贴切因为自己是个留学生，而今时今日也是千百年一遇的"留学大潮"。二月（2015 年）的一期《经济学人》，指在 2013 年尾，世界各地的中国留学生数目接近 110 万，是史上最多。单计在美国就读学士学位的中国留学生就超过 11 万人，非常吓人。《大留学潮》的作者张倩仪（前商务印书馆总编辑），写的不是今时今日的留学大潮，而是写那动荡到不得了的二十世纪初。单论人数，那时的留学生数目比现在少千百倍，但对中国的影响却随时大千万倍。

现在的留学生，是为了求学求知识，说穿了是求一张"沙纸"[1]；当年留学生想的却是救国救民，希望学习别国之长、补中国之短。1905 年科举制的结束，标志着海外留学潮的开始，书的其中一节"新科举洋进士"，点出了留学生的精

1　编注：意即毕业证书。

英地位，相当于科举制下最高级的进士。清末民初的中国精英，第一等是出国的留学生（特别是得到公费资助留学的学生）；而次一等的精英，就要数在国内大学读书的学生。

两种精英的其中一大分别，是学生的心态，而这又可见于内地大学的特色。中国第一代翻译家严复的曾外孙女、现在于加州柏克莱（Berkeley）大学任教的学者叶文心，研究民国时期的大学，她所写的《民国时期大学校园文化》就讲了民初时期不同院校的独有文化。像圣约翰大学，是典型的精英西化学校，一般学生都不热衷政治，读课程主要关于英文训练和科学学科。即使对社会事务较关心的复旦大学，后来亦因为经费问题，提供更多与职业训练相关的课程，吸引更多学生报读、增加学费收入。复旦将重心由社会学科主导改变为职业导向，牺牲的就是相对关心政治的传统。

至于出国留学的精英，可以说是任重道远。一方面学习现代化的知识，希望拯救陷于水深火热的中国，从登上轮船开始已经满脑子科学救国、实业救国等理想，他们就是打开长年封闭积弱的中国的一道钥匙。无论这些留学生是否意会到这份责任，他们的一举一动都影响了外国人对中国的印象。

当时留学的难度，相比现在困难得多，无论是漂洋的旅程抑或经济状况，跟今天的"留学"都不能同日而语。

今天坐十多个小时长途机已经觉得痛苦不堪，那时候要到欧洲，就要坐船经印度到非洲才能进入欧洲，头晕呕吐是肯定的。至于在外地生活，像打理家务、煮饭煲水，在当时中国男女性别定型之下的年代，处理这些家务不单单是"由零学起"，更要冲破心理障碍、突破男女之间的想象。就算是全国最精英的救国青年，都要做家务。

民国初年，中国国力疲弱得很，要出国留学谈何容易。书中提到当年家境不俗的巴金，想要留学法国也几乎要倾家荡产，所以巴金的哥哥曾经劝他暂缓计划，待家庭先储点钱。但作为幼子的巴金坚持到法国，他哥哥也只能放弃前途、全力资助老弟留学。巴金去到法国之后，哥哥写信问他外面世界究竟是如何，希望巴金分享一下。大哥为了成全老弟的理想而牺牲自己，这是兄弟之情，也是余华小说《兄弟》中的："即使生离死别，我们还是兄弟。"

留学不容易，更遑论救国。不过如果我们不是将救国理解为那种"超级英雄式"的拯救世界，单单是出国留学、开开眼界，已经是踏出救国的第一步。像当年的其中一个留学热点——法国，留学生对法国的最深印象，不是花都的浪漫，而是当地中小学对学生的管理。像寄宿学校中的严格作息时间、注重清洁卫生等，这种划一的规律，对当时留学生来说是难以想象的。但一个国家要富强，良好的国民质素是首要条件。这也解释了为什么蒋介石的南京政府，在上世纪二十年代取得政权之后推出《新生活运动纲要》。这份纲要所要求的，就是衣食住行都要有规律，然后再谈礼义廉耻。

大学生是浪漫的（前香港中文大学校长沈祖尧说），留学生在外地应该更加浪漫。书中提到胡适先生在美国读书时，1916 年分别收到 1210 封信、写了 1040 封信。即使今日科技发达，留学生也未必常常跟老家亲人朋友联络，遑论书信，但胡适就平均一日写近三封信。这千多封信中，又有多少是情书呢？

提到留学的浪漫，不得不谈徐志摩，因为他跟剑桥的浪漫故事实在是个美丽的误会。刘禾教授的《六个字母的解法》就有讲到徐志摩的故事。首先，他在英国的时候不是剑桥大学的正式学生，他只是国王学院（King's College）的特别生，徐志摩在大部分的时间，甚至是住在距离剑桥颇远的小镇 Saxton，所以徐志摩究竟在剑桥逗留过几长的时间，都值得疑问。另一个误会，是徐志摩推崇备至的康河，也一点都不浪漫。因为这条河是剑桥裸体协会的活动热点。当徐志摩说"甘心做一条水草"的时候，其实同时有很多人在水草间裸泳，或许也是这个原因才令徐志摩如此"甘心"。

上一代国人的留学故事，其实都不是徐志摩的康桥故事。因为当时的时代背景，本身已经很困难。他们代表的中国，不是今天仅次于美国的世界第二大强国，而是面对列强瓜分的中国；他们就算得到国家的公费资助，其实也只是国家打败仗的庚子赔款，所以胡适才会说"留学者我国之大耻也"这句重话。这是上个世纪的留学历史，也是今个世纪中国留学生所不能想象的历史。

错过了的时代

在英国生活久了，什么都习惯，唯独没有办法适应读不到新出版的中文书的苦况。以前读香港中文大学，每天放学从山上面的联合书院步行落山，总要走进火车站旁的大学书店逛一逛，像巡店视察，也像保安员巡逻，几年大学生活都如是。

中大书店是好的书店，选书摆书都有用心。每次入门口总会驻足"猪肉台"前扫描一下，比较一下昨天跟今天有什么分别，就像儿时的"找不同"游戏。哪本是新书、哪本书给人买走了，一看就心里有数。那时候没有在书店兼职、挣点外快实在可惜。

来了英国后就没有这"日常活动"，伦敦没有像样的中文书店，亚非学院的书店也小得可怜。唐人街附近有间光华书店卖简体书，在伦敦开业差不多五十年，但老实说，书店的书无甚可取，连望梅止渴的功效也做不到。想过在台湾的网上书店网购寄来，但运费贵得吓人，几次都在按下"结账"之前放弃。没有中文书唯有读英文书，每星期去查令十字街的书店 Foyles 巡几次，但始终填补不了生命中没有中文书的空洞。

"饿书"饿得太久，现在只要有机会得到新出版的中文书就如获至宝，几乎连睡觉也将书本揽紧。最近牛津大学出版社的林总送了两本新书，一本是孔慧怡的《不带感伤的回忆》，另一本是关诗佩的《译者与学者》。两位作者我都不认识，却有种联系，因为她们都在亚非学院取得博士学位，我也算她们的小师弟。

读孔慧怡的新书，一读就停不下来，一口气通宵读完。孔慧怡写的是她跟上一代文人的相处回忆，一个个熟悉的名字（不少都在董桥笔下常常出现），像刘殿爵、乔志高，像宋淇、艾青。孔博士举重若轻写出她和他们的故事，写出这一代老前辈的重量。

读孔慧怡写刘殿爵教授的文章读得格外亲切，文章内有张照片，是刘教授跟亚非学院的其他老师合影，就在校门旁边的小角落拍摄。四五十年之后，我也在这间小小的学校走上走落。刘教授回归香港之前，是亚非学院的中文讲座教授，也是第一位华人执掌此位。

纵然书里面的人都已经不在人间，但如书名一样，孔博士写的回忆都不带伤感，只有作者念兹在兹、跟前辈一起的相处片段。然而，我读来却不无伤感，作者愈是写得淡然，我愈是觉得自己出生太迟，错过了那个年代。上一代的人物，连生活日常都动人。现在只能够从文字中读到，却不可以亲身经历、认识他们，甚至不可以成为他们的一分子。

或者每一代人，都曾经有过我这种错过与赶不及上个年代的沮丧。但也因为有这失望，才会有动力去通过阅读，将未曾经历过的岁月追赶回来。

不是雪泥鸿爪

　　四月伦敦乍暖还寒，虽然春天已经来到，草地上长满小小菊花黄花，英国人叫 cherry blossom 的樱花也早早开完。但一不留神，温度又会跌回三四度，昨天还短衫短裤架起墨镜晒太阳，今天又要穿回大楼。所以在伦敦生活，出门口之前不能不看天气，否则你会在烈日阳光下穿羽绒、在寒风刺骨的日子穿短裤。

　　记得上年四月尾，碰巧是生日，都不是十岁八岁了，生日不生日也一样要工作，整天待在宿舍读书。中途落街买点午餐顺便寄信，忽然下起雪来，狼狈之余，也想起人在异地、孤独一人的凄凉。鼻子一酸，眼镜镜片也起了一层雾气。看看天文台预测，这个四月应该没有雪了，就算有，也不凄凉。

留学生都喜欢读作家写的留学生活，有几本书我读完又读。像李欧梵的《我的哈佛岁月》，写他在哈佛读研究院时喜欢听波士顿交响乐团的音乐会之余，也喜欢到舞会"和洋妞约会"。像雷竞璇的《穷风流》、马家辉的《日月》和周保松的《相遇》，都写他们在年轻的时候、念兹在兹的留学时光。想到自己正在走着相似的路，读这些书的时候，总有种莫名的亲切，同时明白到，只有通过文字，才能将现在遇到的人与事都记下来，留住此刻的温度和感觉。

　　提到周保松教授的《相遇》，书里面除了写他在伦敦读博士时的留学生活，更多的篇幅是写香港中文大学政治与行政学系。像他在迎新营写给新生的信，也有在学期完结后写给学生的感言。很多年前读中学的时候，就是读到这些温柔的文字，才立定决心要入读中大政政系。转眼从政政系毕业几年，仍然觉得政政系是如此特别，如此充满人情。举个例，我们每隔一两个月，就会收到一封"政政家书"的电邮，由系里面的老师教授写写政治以外的话题。最近就收到马树人教授（SY）的家书，是他退休在即的告别家书。

　　马树人教授的课都有一个特点，都是 mind-blowing，都会震荡我们的思想。其中一门是一年级生读 Thinking

Politically，单是 Knowledge is Power 抑或 Power is Knowledge 就已经在课堂讨论半天。SY 又曾经在政治课中提到李香兰的故事，听着张学友的《李香兰》，一句"却像有无数说话，可惜我听不懂"，那刻心情的沉重到现在仍然深深记得。

　　SY 在告别家书里面，说到"雪泥鸿爪"这个成语，他说一切都是偶然，不必计较。马树人教授就是个低调的人，连在学系网页中的老师简介，头像也是一只公仔的样子，而非大头照片。在课堂上，他永远都像派给我们的 powerpoint 一样，留了很多空间让我们自己填写、思考。就这样，在二十多年里面，影响了很多代政政人。马树人教授在政政系、在这么多年的学生心里所留下的印记，又怎会只是雪泥上的指爪？

在伦敦的半年

　　V，带来伦敦的那叠信纸，转眼写剩几张，提醒我在这个跟香港很相似的城市已经生活了半年有多。离开香港之前，跟你许下承诺，要每个星期跟你写一封信，除了交功课那几个忙到发疯的星期之外，我也守了诺言。对上的几个月，很投入地沉浸在学术当中，是我读了二十年书以来最专注的几十个星期，为了读完那些根本不能读完的 reading，很多时候连续一两天都足不出门，最多只会推开房门，走到那个共用的厨房煮点东西喂饱自己。所以你常常带着奇怪的语气，在电话筒里问我，为什么每个星期都要从宿舍走一大段路到邮局，再排长长的人龙去买一枚 1.33 镑的邮票，而不一次就买十枚八枚方便自己。其实就是为了每个星期一，找个借口，离开那狭小的房间，呼一口大英帝国的自由空气。

这几个月的时间，除了错过区议会选举和立法会补选的投票之外，其实还是时刻留意着这个伴我长大的香港所发生的大小事，或许是生活的距离远了、看的角度阔了，对发生在这个城市的大小事，甚至觉得比以往有更清楚的了解。

说是一年的课程，要上的课其实半年就完成，现在只剩考试和论文，时间也松动一点，终于可以感受一下这个城市的美好。至少终于有闲情逸致，走进我学校亚非学院旁边的大英博物馆溜达一下。另外，我最近也迷上了古典音乐，发现了一个买音乐会门票的网站，以四五镑的学生票价就可以入场。伦敦是个欣赏古典音乐的好地方，除了有五大乐团（伦敦交响、爱乐、伦敦爱乐、皇家爱乐、BBC），也有好的书店唱片店去营造一种文艺的气息。有了一种嗜好之后，就会有一股希望不断知道更多的动力，只有找相关的书来读才能达至满足。查令十字街（Charing Cross Road）上的书店 Foyles，就是我最钟意的书店。在搬到现址之前，几个铺位旁边的 Foyles 老店，是董桥形容为"世界最大的书店"。现在新的 Foyles 就算不是世界最大，至少每个类别的书都很齐全，由宿舍走到唐人街，吃碟好像比香港还要好味的叉烧烧鸭饭，然后到书店打书钉[1]、买书，这样就是最好的一天。

从书店走回宿舍，总经过那位每晚都在罗素广场站（Russell Square）外摆卖热狗的大叔，记得去年圣诞你来探我的时候，天气太冷，我们忍不住买了一只并且就站在旁边完成，太多的茄汁还滴污了鞋。九月的时候，你也过来读书，我们再买热狗，好吗？

1　编注：指长时间在书店看一本书而不买下的行为。

漂泊生活

　　V，伦敦的邮票原来加了价。两年前还在读硕士，每个星期都寄信给你，写完信之后就从宿舍走落山去邮局买邮票，那个时候一枚邮票1.33镑。总觉得要写信寄信才算是个真正的留学生，一百年前，胡适先生在美国留学，单在一年时间，他就写了1040封信。

　　刚过去一年，你也来了读书，一起生活。一年时间很快就过，你也毕业回香港了。我在英国这边还要多待一会，然后明年去台湾做研究，那个时候专栏名称大概也要改改名，叫"台湾通讯"了。读书做研究的生活就是漂泊，有朋友今年到德国读研究院，女朋友到机场给他送机，他在Facebook说了一句"上路了"，读起来就觉得感伤。人在外面，居无定所，每隔几个月就要搬家。每次搬家都头痛不已，我的家当都是书和酒，都是最重最难搬。

你和我又再分隔两地，又是那种你睡觉时我吃晚餐、我睡醒时你吃午餐的时差生活。用着之前剩下的几张信纸，给你写信。我本来还数好散纸[1]，齐齐整整的 1.33 镑，殊不知现在邮票一枚要 1.4 镑，唯有用卡付钱。伦敦就是这点好，什么都可以用卡用电话付钱，不像在香港，出街总要带个装满银纸硬币的大银包。

自己一人生活常常不想煮饭，所以走到唐人街吃个晚饭。给自己煮晚餐，就算是再简单的即食面，等水煮开和洗碗的时间也比我吃面的时间长几倍，好像不太划算。而且在家待得太久，还是想出外吸口新鲜空气。

唐人街如常热闹，早晚都一样。擦肩走过的人说的都是广东话或普通话，听来还是觉得熟悉。我喜欢走在唐人街上，因为这里的每一个人都充满故事。夜晚十一点，过了餐厅的繁忙时间，中年侍应大叔躲在门外，望望天抽几口烟，都是一张唏嘘沧桑的脸。这是他的生活日常，他是在想念这

1　编注：意即零钱。

里的家还是哪里的家呢?

在唐人街会找到中国人做生意的头脑和心态，总要赚尽每一分钱。跟伦敦的其他餐馆非常不同，这里的餐馆不单全部都是卖中菜，而且每家店的台凳都摆得密密麻麻挤在一起，要用最小的空间放满最多的食客。我想，伦敦的卫生或什么消防条例肯定没有严格执行，否则全条唐人街的餐厅都应该违规了。

唐人街永远都有一阵江湖味，上世纪七十年代，香港黑帮活跃伦敦，常常都有黑帮仇杀。有黑帮就有黄赌毒档，到了现在，在唐人街的那些大厦楼梯，仍然见到不少上了年纪的阿姨大妈，一身短裙紧身衣向途人揽客，在对面街也听到她们说广东话。她们见尽唐人街的变化，从以前每间餐馆都卖扬州炒饭烧味饭，到现在满街小笼包四川东北菜。就算隔着一条马路跟她们对望一下，她们的眼神都在说:过来吧，走上楼梯，关了房门，我们有无尽的故事可以跟你慢慢地说。

只是见到那些楼梯墙壁外面，贴上了"beautiful young Thai model"的手写广告。或者唐人街上，给时代赶走的不只是那些卖广式烧腊的餐厅，还有上一代的风尘女子。

百花里族人

　　伦敦的罗素广场一带叫 Bloomsbury，这里有个漂亮的译名叫百花里，比什么"布卢姆茨伯里"好百倍。百花里是个文化区，Euston Road 和 High Holborn 两条大街，像三文治一样中间包住的范围，就是百花里了。

　　伦敦是个有文化有底蕴的城市，百花里能够成为文化中心的中心，不出两大原因。第一是百花里中的 Bloomsbury Group——"百花里族"（林行止译），这是上世纪初的时候，一个聚集作家、学者、艺术家的圈子，像作家维琴妮亚·吴尔芙（Virginia Woolf）[1]、她丈夫伦纳德（Leonard Woolf）、经

1　编注：又译作弗吉尼亚·伍尔夫。

济学家凯恩斯（J. M. Keynes）等等，当年都在百花里一起生活创作做研究，早上一起坐在罗素广场谈思想谈文学，晚上就坐在酒馆喝着威士忌风花雪月，当年圈中都是豪英。

百花里文化重镇的地位，还因为百花里是伦敦大学的中心。伦敦大学现在有十八间学院，几间重要的学院像 LSE、UCL、SOAS 都在百花里的范围之内。所以，百花里其实是由大学、大英博物馆、广场、书店等地方所组成。

行走于百花里，每走几步抬头一望，就会见到一块块的圆形蓝牌，挂在那些维多利亚式建筑的小屋外墙上。这些蓝牌是用来纪念那些跟特定建筑有关系的人，所以蓝牌之上通常有个人名，然后有几句介绍一下他或她跟这地方这建筑的关系，他或她在这里住了或工作了几多年。

根据英格兰遗产委员会（English Heritage）的简介，要成功"上蓝牌"有几个要求，首先需要去世二十年以上，另外那幢建筑物要状态良好，而该建筑本身还未挂上蓝牌，一幢建筑只可钉一块。以前从宿舍往返学校，在百花里之间穿梭，每天经过至少二十块蓝牌，其中一块写上苏联领袖列宁的名字。列宁在 1908 年曾经住在我每天走过的地方。遗产委员会最近出版了一本新书，*The English Heritage Guide to*

London's Blue Plaques，介绍伦敦全部九百几块的蓝牌。第一位"上蓝牌"的中国人是老舍，就在老舍故居圣詹姆斯公园（St. Jamess Park）附近。

说起老舍，想起最近读许礼平写的《掌故家高贞白》（牛津大学出版社），里面有一段关于老舍的故事。高贞白就是写《听雨楼随笔》的高伯雨，高伯 1928 年来英国读书，许公说高先生原本要读剑桥，但一去到大英博物馆的东方图书馆就离不开了，最后留在伦敦读书。当年老舍在亚非学院教中文，那时候学校还未染指非洲，只是叫东方书院（School of Oriental Studies）。老舍边教书边写小说，他的小说出名幽默，高伯说当年在伦敦，他借老舍读他带来的清代奇书《何典》。老舍读完之后，高伯说"（老舍）的文章更为幽默了。于是我就把《何典》送给他"。

许公的高伯雨传记好看，不过看完之后我有一大问号未解决，就是高伯当年负笈英伦，实际在哪里读书？许公只说他原本要去剑桥，却没说他最终去了什么学校。高伯如果跟老舍稔熟，会否是亚非学院的学生？高伯在百花里有没有留下很多足印？下次回香港，一定要找出答案。

左翼重镇——亚非学院

　　英国一脱欧，英国国内政治俨如地震。执政保守党固然斗得四分五裂，卡梅伦（David Cameron）、欧思邦（George Osborne）早已乖乖让位给文翠珊（Theresa May）、夏文达（Philip Hammond），从发型就可以断定他是搞事分子的庄汉生（Alexander Johnson，又称约翰逊）无端成为外相，实在呕血；而在野工党亦不争气，党魁郝尔彬（Jeremy Corbyn）面对前影子内阁商务大臣 Angela Eagle 逼宫，需要进行党魁选举，预计要到九月尾的党内特别会议，才能定出新主席。[1]难怪《每日镜报》标题大大只字写住"打内战了"。看来在

1　编注：欧思邦又译作乔治·奥斯本，文翠珊又译作特雷莎·梅，夏文达又译作菲利普·哈蒙德，郝尔彬又译作杰里米·科尔宾。

下次国会大选之前，英国政治都会继续不稳，毕竟现在选出来的所谓党主席，无论是文翠珊抑或是工党新党魁，始终有欠民意授权（popular mandate）。

"大左派"郝尔彬举行集会，表明坚拒辞任党魁。这场集会的选址非常特别，就在伦敦大学亚非学院（School of Oriental and African Studies，简称 SOAS）门外。左倾的政治周刊《新政治家》（*New Statesman*）这样形容："经过传媒和党内连日来的轰炸，郝尔彬决定在左翼重镇——伦敦大学亚非学院进行大反击，聚集他的支持者，跟所有背叛他的人下战书。"这所坐落在大英博物馆旁边而以研究亚洲、非洲地方政治闻名的小学院，刚刚成立一百周年。最初成立的时候，训练过不少殖民地官员，前港督尤德爵士和夫人彭雯丽也是亚非学院的学生，而接任尤德的后一任港督卫奕信更在亚非学院取得博士学位。今日亚非学院不再训练外交使节，反而变成左翼重镇。问题是：有多"左"？

我在 SOAS 有个内地同学，在伦敦读第二个硕士学位，今年九月即将读第三个。十多年前在伦敦大学学院（University College London，简称 UCL）读第一个，今年在 SOAS，而下一学年则在伦敦政治经济学院（London School of Economics and Political Science，简称 LSE），现在已经开始于 LSE 读暑期课程。好一个爱读书的女生，其实说穿了是留恋自由的空气。

读过伦敦大学的几间学院，绝对有条件比较各院校的分别。她说 SOAS 跟 LSE，根本就是两个极端，在 SOAS 里，无论是同学抑或气氛，都非常接地气，而 LSE 呢，则是那种典型的精英贵族。亚非学院就是那种爱抗争、反霸权的地方，今年开学之后，已经进行过三次罢课（Walk Out），反对清洁工人外判[1]、反对职员遭无理解雇、教职员争取加人工[2]……据老师所讲，每年罢课三四次是等闲事，不必大惊小怪。SOAS 的罢课，不是那种自愿参加的"快乐抗争"，而是由学生将整间学校封锁，连图书馆也要关起来。老师学生齐齐抗争，不抗争就是叛徒。

月初《金融时报》中文网有篇文章，介绍伦敦大学各学院内的"马列主义小组"，基本上伦敦大学旗下的几大学院，像 UCL 像 LSE 像 SOAS 都有这些小组，文章提到这些小组"自我标榜为'第五国际'的伦敦支部……以亚非学院的最为活

1　编注：意即外包。
2　编注：意即加工资。

跃……成员大约在六十到八十之间"。

每个星期三晚上七点，小组都有固定的活动举行，或读《共产党宣言》，或探讨社会主义跟马克思主义之别，甚至会联同其他院校的马列小组一起辩论。而他们的精神领袖，除了马列之外，就是郝尔彬了。

讨厌考试

每年五、六月是英国大学考试季节。一年之前还在读硕士，一共三科考试，每科三个小时答三条问题，实在吃力，仿佛回到中学公开考试的年代。

我久不久就会发一个公开试噩梦，梦中会重温当年高考的画面。每次都梦到自己坐在考场中间，考化学考试。一打开试卷，眼前一片空白，然后想起自己根本没有温过书，然后再不断问：organic chemistry（有机化学）和 inorganic chemistry（无机化学）跟我有什么关系？为什么要考这些试？惊慌一轮、弄得全身冒汗之后就会醒来。因为确曾发生过，曾经在考场上如此无助，所以梦境特别真实也特别吓人，当年预科读理科是成长过程的一大创伤。

在英国考试跟香港考试是有一点不同的。在香港置身考场犹如战场，就算停笔、收卷之后如何难掩兴奋，都不能太过放肆，无论是校内考试抑或公开考试，只要想稍为转身跟坐在后面的同学讲声恭喜：我们终于考完了！那个面如死灰的监考大叔都会立即叫你 keep quiet，你不 keep quiet 就会取消你的考试资格。

但在英国，几乎未停笔，就感觉到考场气氛开始有变，大家灵魂已经开始庆祝考试完毕。上年考完最后一科，连午饭也未吃，几个同学就到学校附近的女皇头酒吧（The Queen's Head），一直喝酒喝到黄昏，啤酒威士忌然后再啤酒，都是难得放纵的时间。今年七月是毕业礼，在日本在意大利在德国的朋友们又可以齐集伦敦。

我一直都好奇全英国究竟有多少间酒吧以女皇头命名。这间小酒馆，在大车站国王十字（King's Cross）附近，门口竖着一个招牌，用粉笔字写上 The Best Pub in London（伦敦最好的酒馆），这句话如果在香港写出来，不知会不会触犯什么商品说明条例。不过这酒馆确实不错，酒馆最后的位置有个小小的后园，抽烟的抽烟、喝酒的喝酒，绝对是聚脚的好地方。店里面有很多的威士忌可供选择，每逢星期四夜晚还有现场的爵士乐。没错，这是 the Best Pub in London。

今年终于不用考试，不过还是回到考场：做监考，赚一点外快。做监考也不容易，三个小时异常难过，都不敢看大钟或手表，怕时间过得太慢。唯一能做的，除了尝试答一下试卷的问题，就只有或站着或坐着的不断思考。监考最可恶的事，莫过于是考试加时。原来不止足球场上有加时，考场也一样会有。

上个星期伦敦大学的一批工人，游行示威抗议薪酬太低。他们就像《圣经》故事中的以色列人一样，按上帝的旨意，围着耶利哥城不断叫喊作为攻城的方法，然后城墙就塌陷了。

这些工人围着学校范围，不断打圈游行抗议。一边敲锣打鼓，一边吹号角叫口号，要求校方加人工。就算关了门锁上窗，游行的声音还是嘈吵得烦人，可怜考生不断举手投诉，太嘈了实在集中不来。但没法子，在英国你总要尊重这些游行罢工的人，唯一能做的就是补时给考生，先补五分钟，然后再补十分钟，前前后后差不多将考试延长半个小时。考完之后，就连出名反动、喜欢抗议的亚非学院学生都说，他们第一次如此讨厌游行。

读博士的困难

最近网上流传一篇长文，叫《读博士如同修炼〈葵花宝典〉？一条七难八苦之学术路》，作者的大名是廖诗扬。全文大意讲的是读博士艰难，从入读到毕业，从生理到心理，按作者语，"并非是练《葵花宝典》那么简单，那是直如唐僧取西经，要经历九九八十一难，方能修成正果"。最后的结论，是"千万不要看不开"，不要读博士。根据上面的讲法，我已经是"睇唔开"的一群。

洋洋洒洒几千字，写出今时今日读博士研究的苦况。难得有人道出学术路的困难，读来百般滋味，有人明白自己的难处，从来都难得。刚过去几个星期，学系研究院举行了几场研讨会，讲学术期刊的出版、毕业口试（Viva）、毕业之后找工作等，简单来说就是毕业秘笈，内容跟那篇流传的文章一样，结论都是：前路艰险，祝君好运。每次研讨会之后，我们几个政治系的博士生，都只能互相苦笑，拍拍膊头鼓励一下：吾道不孤，大家都是战友。

不过这类"博士很危险，生人勿近"的论调，其实不新鲜，每隔一段时间就会飘出来，然后像阴魂一样在网上出没，呼吁其他人不要"睇唔开"，永远都负能量爆表。Facebook 上就有个什么专页，叫"这个 PhD 只是我的负累"，一个数学博士的经历。我讨厌这类文章，更非常讨厌什么过来人说"不要看不开"。

选择读博士的都是成年人，每个选择都应该是思前想后的结果，选择了就好好走下去，才算对得起自己。或许几十年前，还有读大学、读博士是"天之骄子"的神话，但今天如果仍然幻想博士毕业之后可以轻易取得终身教席、可以立即升上神台前途一片光明的话，其实跟相信"大赌可以变李嘉诚"没有两样。做博士研究、走学术路当然困难，但只要我们对自己有要求、对生命认真的话，其实都一样困难。无论读博士做研究，抑或上班工作都无分别。

K 是我的老朋友，是那种沉迷日本文化的宅男。毕业之后和我一样离开香港，去到日本在大公司做"社员"，一份本来主要是本地人做的工（很多人去外国工作，做的是外国人的工作，像教英文补习班等等）。而日本人的工作文化，是不请病假、比拼最迟下班、超服从上级，他每天都亲身体验着。工作文化之外，还要顶住生活文化的差异。在日本工作是他毕业之前梦寐以求的事，我不知他有没有在东京居住下来之后梦醒或梦碎，但追寻梦想本来就不容易。

　　虽然大家都离乡别井，隔住半个地球，不过闲时还会互相联络，比大家都在香港时谈得还要多。就这样，每个星期互相报告一下生活苦况，互相叫大家咬紧牙关撑下去。读博士如此，日常工作如此，要认真做人做事就是不容易。不是吗？C'est la vie，这就是人生嘛。

研究生完全求生秘诀

　　手边有本《研究生完全求生手册——方法、秘诀、潜规则》（彭明辉著，联经出版），在书店读到一句"不再让象牙塔变成虚度青春的苦牢或炼狱"就立即买下来，带回家后一直未读，只是将书放在当眼处，在工作累得想放弃想叫救命的时候，抬头见到求生手册，望一下封面就觉得心安。

　　有求生手册之出现，即意味有求生的需要。就像香港人不会无端端在家中准备一个什么地震求生包，但搬到台北之后，就有人跟我千叮万嘱一定要准备好求生包，要记得地震时候不能逃走的话就躲在台底等等。

　　记得很久以前找旧报纸旧新闻，无意发现了一则报道，很早就知道读研究院随时会"搞出人命"，那则新闻这样写：

"因考博士衔不及格，香港一名留美研究生枪杀教授后饮弹自尽。"看来不只研究生要求生手册，就连论文导师也一样要学懂自卫保护自己。

读了几年研究院，愈来愈体会到当中不同方面不同层次的困难。第一层的困难是孤独，研究的题目只有自己清楚（但有很多时间也不清楚自己所做的研究是否有意义、是否可行、是否正确）。研究的过程是自我负责，每天坐在台前读多少写多少都由自己决定，稍不自律就会万劫不复。做研究不像一般工作，没有上班下班，我都不知试过多少次夜晚关灯上床睡觉之后，忽然想到一个重要的论点，要立即爬落床写下来，怕醒来就会忘记。

第二种困难在于时间的长度，写博士论文要写三四年时间。十年磨一剑，长时间可以精雕细琢，也可以消磨意志。四年时间，每天解答着同一条问题、看着相关的文献，同时每天都担心世界上有另外一个人做着或多或少相似的研究，研究做到一半已经变得神经兮兮。不信的话，你走入研究院看一看就会明白。

第三种困难特别针对留洋学生，像我，香港人在英国研究台湾，不断游走不同城市之间，每次搬去一个城市都需要时间适应，就算是回到香港，也一样会觉得不适应，渐渐不知道哪里才是属于自己的地方。其实人跟动物无异，你将家里的猫一天到晚都睡在上面的椅子拿走，它也会立即抑郁，抑郁到不肯上厕所。当人要适应新的生活，每一次也会面对同样的压抑。

　　对我来说，最好的解决方法，除了像以前说过，无论去到哪里都会带着几本每次读完可以心境平静的书之外，还要在城市之中找到一间可以让你感到自在、觉得熟悉的餐厅，因为研究生活已经有足够多的事要让你重新适应，如果在食物上可以找到一种熟悉的感觉，那就是名副其实的comfort food。在伦敦，那是亚非学院学生宿舍旁边的一间越南餐厅，一碗热烫烫的牛河；而在台北，我喜欢简简单单地吃一间卖牛肉饭的连锁店。这就是我的求生秘诀。

虾汤拉面和鸡汤拉面

上篇文写研究生求生秘诀，谈及研究路的孤独与意志的消磨，难得宣泄一下，可能写得太过肉紧太过悲惨，朋友读到之后怕我压力太大，立即传来短讯问候，好像怕我会成为那个"因考博士衔不及格，枪杀教授后饮弹自尽"的研究生，怕我动刀动枪。我没有怎样回复，只是传了一张照片：一大碗热腾腾还在冒烟的"一幻拉面"。另加上一句："拉面很好吃，不用担心。"

台湾美食多，本来就不用怎么介绍，我又不是那些旅游KOL[1]，无谓争饭食写夜市推介，比较哪杯珍珠奶茶奶香茶浓、

1　编注：Key Opinion Leader，关键意见领袖。

看看哪块鸡扒多汁肉嫩。只是我真的在台北住下来之后，喝一杯现在年轻人非常时兴的水果茶也只是 50 元台币（朋友说是香港价钱的三分之一），在路边摊档食一块萝卜和卤水豆腐、加一碗非常好吃的卤肉饭才 70 元台币，我没办法不写一下台湾美食。

在台北租住在台大附近，附近就是师大夜市、公馆夜市，但在台湾一个人租房子，那些所谓套房实际上只是"劏房"，没有窗也没有厨房，所以一天三餐都要在外面解决。以前在英国，东亚人体质不可能天天薯条芝士，所以一个星期总有十餐八餐自己煮点东西，也因此自从读了研究院之后，体重急降差不多四十磅之后就一直维持在一百四十磅左右。

来了台湾，体重看来有机会回升，因为满街都是美食，情况再差再坏也至少有便利店，买个饭团也好买只茶叶蛋都好，这种有便利店的生活在英国是 unimaginable（英国没有便利店，开 24 小时的店就只有一些通常由中东人经营的 off license，像杂货铺一般）。

更加 unimaginable 的事，是台北通街开满日本非常出名的拉面店，除了游客最爱、名气最大的一兰之外，还有几间长时间都排在"日本拉面 Top 50"前列的拉面店，一个星期就试了其中三间，目标要半年之后、离开台湾之前试完所有，写篇日本拉面指南（台湾篇），成为学者之前先做拉面达人。这是一个人自给自足的生活乐趣。

三间拉面店（一幻、一灯、屯京），我最喜欢用虾做汤底的一幻拉面，我传餐厅菜单给在日本居住的 K，他说价钱比在新宿吃还要便宜。点了一碗拉面，把面吃完之后再多要一碗白饭，拌入食剩的汤底之中，这是最美好的食法，也是最"肥仔"的食法。除了一幻之外，一灯的鸡汤拉面也非常不错，他们有特制的 XO 酱和虾味辣酱，而且可以免费加面，埋单也不用 400 元台币。

但这样没"住家饭"吃的生活习惯（而且还常常吃浓味拉面），也实在不太健康。本来还想买个小煲偷偷在家白焓青菜，但最近我找到住处附近，有间叫"青卤"的小店，专卖蔬菜"十蔬餐"，无肉无味精，十种蔬菜七彩缤纷，就是放在眼前看一下都觉得健康。要做拉面达人而不会暴涨十磅，一定要多吃几餐"十蔬餐"，平衡一下。

爱书人天堂

踏入夏天是书的季节，香港书奖、香港书展等等都是这个时候，也算是一年来书市最热闹的时间了。早几星期回来香港，跟出版社大编辑吃午饭。几乎每次回港都找他，一年吃一次饭，他都说，做书这一行愈做愈难了，每一次都说今年差过旧年。看来书市要绝处逢生不容易，每年都安慰他可以谷底反弹，但每次都发现低处未算低，实在可悲。

这个年头卖字做书都不容易，当图片短片充斥于日常生活的时候，谁还有闲情逸致去读密密麻麻的文字？文字愈读得少，阅读能力也愈来愈低，这是恶性循环。所以呢，现在不单文章不能长，就连句子也不要长，太长的话会无人读得懂。最好每写两个字就加个逗号，几乎想在写姓名的时候也在姓氏之后"逗一逗"，这才是"当代文学"，才是品位。

少人读书看书是全球问题，但在香港很难靠文字开饭就是地方问题。现在愈来愈少人读报纸，不少杂志也慢慢做不下去。香港媒体很早就说 winter is coming（凛冬将至），而事实上寒冬一早到来，新闻传媒首当其冲，而文化出版就是死神的下个亲吻对象了。香港书业能撑下去，靠的都是意志。所以香港书展近年找不到年度作家，与其搞什么旅游文学、爱情文学的主题，不如将焦点放在幕后，表扬一下在香港做出版的人。

谈到书，相比香港，伦敦实在是爱书人的天堂，对我们来说，有好书店的地方就是好地方。周保松教授在《相遇》里面提到他读博士的时候，在伦敦买书卖书的故事，他说在书店兼职挣来的钱，几乎全部都拨到买书的支出，读起来感同身受。

在亚非学院转角（即大英博物馆附近）就有五层高的水石书店（Waterstone），一大排企鹅出版社（Penguin Books）系列的书架，摆满新新旧旧的橙色企鹅和蓝绿色的鹈鹕（Pelican），还有一整排的牛津通识系列（A Very Short Introduction），壮观到不得了。走远一点去到唐人街前的查令十字街，有我最喜欢的 Foyles，又是楼高四五层的大书店，记紧上两层楼梯，转左走到尽头有个卖爵士乐的角落，碰巧旁边就是政治类书架，一边打书钉、一边听着爵士乐。如果你去 Foyles 的话，在那个角落见到有个高高瘦瘦的香港男生，那就是我了。就算你不喜欢爵士乐也不要紧，在同一层、上完楼梯之后转右，就是卖古典音乐的地方了。

如果你讨厌连锁、喜欢小店，就一定要去罗素广场另一边的 Judd Books，小小书店主要卖人文社科类，有新书有旧书，书价都是市价一半或更平，每次进去都有斩获，结账时出示学生证还有全单九折。所以读书人在伦敦要省钱的唯一办法，就是尽量远离附近地区，或者拿点意志、做到大禹一样过门而不入。

可惜书店都在学校附近，几乎每天都会经过。看来读书人为了书而捱面包[1]，都是不能逃脱的命运。

1　编注：意即靠面包度日。

像王强一样的书蠹

　　最近有本新书《书蠹牛津消夏记》，精装书面烫了只金色小马，出自乔叟的《坎特伯雷故事集》，牛津大学出版社出版。作者是王强，电影《中国合伙人》的其中一个主角原型就是他，王强是企业家，但更爱称自己作"读书人"和"藏书人"，又或者是书里面所调侃称呼自己的"书蠹"。

　　"蠹"字在粤语中跟"到"字同音，即书虫，又称衣鱼，维基百科说"衣鱼喜欢咬破书籍"。爱书人就是书蠹。书中还有一处用到"蠹"这个字，就是牛津大学最有名的图书馆——"饱蠹楼"（Bodleian Library），也是全英国第二大的图书馆，亦即随书所附藏书票中的那栋圆型圆顶建筑。《书蠹牛津消夏记》配饱蠹楼书票，真妙。

整本书写的，就是买书收书藏书。写自己或遇到或买到的书，毛边本签名本，羊皮封面烫金烫银，还有大理石纹。书就是如此讲究如此高贵，所以说喜欢读书的人也一样高贵。

　　《书蠹牛津消夏记》是藏书手记，王强收藏书籍的境界见于他跟十二卷皮装的兰姆（Charles Lamb）全集的"邂逅与分手"。稀有的十二卷本竟然在英国撞到，店主还半价出让。对，就算没有读过福尔摩斯或东野圭吾，都知道一定事有蹊跷。原来十二卷中，偏偏缺了第二卷。如果藏书者道行未够，半价难得，肯定会"有杀错冇放过"先买为快。不过贵为牛津哈里斯曼彻斯特学院（Harris Manchester College）的基石院士（Foundation Fellow），王强一句"完美完美，不完，也就不美了"，深呼吸一下，转身就离开书店。因为爱书，所以不忍见到最爱的不美。古有"大禹治水，过门不入"，今有"王强买书，过门不买"，都不简单，都是修行。阿弥陀佛。

　　读王强收藏书籍，微博有读者说"王强买的书哪里是大众买得起的"，其实买得起买不起都不是重点，跟书跟书店跟书店东主的相遇相知才值得细味，像王强写到在巴黎买巴尔扎克的《人间喜剧》，又是一套十二卷中独欠一卷，仿佛每逢是十二卷的套书都总会丢失一卷。不过这次幸运，遇到热心店主，带他左穿又插去到另一书店，补回失去的一卷，终于储成完整一套。

其实收书这回事，贵有贵收，平有平藏，只要有心，都一样快乐。说个平民版的藏书经验，我爱读陈冠中的《香港三部曲》，牛津大学出版社的六个版本都有收齐。2013年陈冠中拿香港书展年度作家时，《香港三部曲》推出增订。而在增订版之前有四个版本，每版都不同，由初版的窄身开本，到再版的浅蓝、深蓝和黄色封面，然后增订之后的两款小开本，一共六个版本。

窄身开本、封面有只小船的初版在2004年出版，不太好找，我在台湾的露天拍卖网找到，定价300元台币。寄来之后拆过包装，书的品相也颇新净。一打开书，夹着一张一百元台币，还有一张小纸条，上面写着："书上架很久，寄出时才发现书变黄了，抱歉！"台湾人，总是如此温暖。

倒数中的古巴

古巴是个神秘国度，要深入秘境，从来不易；要真正了解这个国度的日常生活，更是难上加难。雷竞璇教授的《远在古巴》，讲述这个位于地球另一边的神秘国家，探究华人在古巴的故事。雷竞璇写这本书的目的，不是要揭开什么面纱、窥探什么最真实的古巴，而是要看"能不能为这些老侨保存一点记录"。

对于一般人来说，能够联想起跟古巴有关的事物，可能除了雪茄以外，就想到卡斯特罗和哲古华拉[1]的大名。简单来说，我们对古巴一无所知。但对于不少中国人而言，古

1　编注：又译作切·格瓦拉。

巴跟他们有莫大渊源，雷竞璇是其中之一，为什么？

十九世纪，近十四万华侨，或被卖或被拐到古巴，接替黑奴成为古巴的苦力。古巴之所以需要大量苦工，是因为古巴盛产蔗糖，而生产蔗糖的两大过程——开垦农地和甘蔗的收割都需要大量劳力。甚至当时古巴的蒸汽火车，据说也是由"老侨"建造，可见"老侨"对古巴的贡献绝对不少。直至上世纪，古巴革命之前，仍有不少华侨选择走到古巴"揾食"。而雷竞璇的祖父和父亲就曾到古巴工作过一段颇长时间。

当年雷竞璇的父亲到了古巴，留下妻子在香港，分隔两地的沟通方法就唯有书信。因为雷的母亲识字不多，由香港寄往古巴的回信，多由雷竞璇代母亲笔录或撰写。雷竞璇说，母亲生前一直不愿意提起古巴，到母亲过世后，留下当年父亲的一札来信。当雷重读这些信时，一方面忆起当年代母写信的情境，也同时燃起到古巴，并为古巴华侨书写的念头。

《远在古巴》的第一部分就是雷竞璇父亲当年的家书。书信的日期是上世纪的五十、六十年代，也是古巴最最动荡的时间，卡斯特罗就是在 1959 年的革命之后上台，从此改变了古巴的命运，也改变了古巴华侨的命运。雷竞璇父亲的书信，很大部分围绕着"何时离开古巴"这个问题。在字里行间，可以感受到当年身在乱世，那种无法掌握的生活：昨天还能够汇款、买机票，忽然就被政府禁止。1961年，雷的父亲已开始打算离开古巴，辗转经过五年时间，才千辛万苦回到香港。而这几年的折腾，或多或少令其抑压不已，回港两年之后就离世了。

书的最后一部分，是几位古巴老华侨的访问精华，同时也是雷竞璇另一本书（《末路遗民》，牛津大学出版社）的预告。在这部分的古巴华侨中，有曾为国民党将军张发奎效力的老兵，因为不想再打仗而远走古巴；也有在古巴出生的华侨后代，参加过革命而成为政治活跃分子。革命后一切都公有化，华侨不能再像以往一样做生意，不少华侨选择离开，而选择留下来的也逐渐老去。时至今天，雷竞璇说仍留在古巴的华侨只剩下一百多人。书中的受访者，几位已经相继离世。

就像雷竞璇在书中不断强调，今天他所写下的古巴独特景象，像街上的老爷车、古巴人的快乐、随处的载歌载舞，以及哈瓦那的老华侨，随着美、古的关系破冰，古巴的大门似乎很快打开。当古巴大门一开，这些古巴的特色，也是古巴的精神，包括上个世纪古巴华侨的生活故事，就会慢慢消失，古巴也将不再"遥远"。

II

三城记

伦敦指南

蔡澜先生之前写《去伦敦吧》，介绍一堆伦敦名店名餐厅，都是非常普通的推介，"旅游书味"浓烈。朋友黄宇轩乘势在 Facebook 推介了伦敦的十大地方，坟场、书店、美术馆，都是喜欢在城市中走走逛逛的人必到的地方。

在十大地方之中，黄宇轩提到巴比肯（Barbican），这是我在伦敦第二喜欢的地方。巴比肯是艺术中心，用混凝土建成的粗犷建筑群是每个城市研究者心目中的天堂，有屋村有戏院有剧场，还有音乐厅和全英国第二大的温室，不过温室在指定的假日才开门，我还未去过。我去巴比肯都是为了听拉陶（Sir Simon Rattle）、听音乐会，伦敦交响乐团跟 BBC 交响乐团都是这里的驻场乐团。

听音乐会之前我通常都会在平台的餐厅吃饭餐，自己拿个盘子、选个主菜，然后到柜台结账，最重要记得买那个比拳头还要大的松饼（scone）。只要不是严寒，都应该坐在餐厅外面，四面围着的都是巴比肯的建筑，拿支啤酒坐在水池附近的楼梯级，或聊天或发呆，这是伦敦的写意。

黄宇轩抛砖引玉，嘱我也选十个地方推介一下，我想来想去都决定不来，怕顺得哥情失嫂意，唯有只选一个，one and the only one。熟悉我的人都知道我选什么地方了，那一区的国会议员代表是工党党魁郝尔彬，那一区叫 Highbury and Islington。没错，就是阿仙奴（Arsenal）[1] 的球场了。

真正喜欢一个地方就会想在那个地方住下来。每次我看比赛之前和看完比赛之后，总要慢慢从球场顺着人潮迫到地铁站，而每次在这段明明三分钟就走完的路程、要慢慢迫三十分钟的时候，我都会抬头望望两边的房子，都想：如果可以住在这里就好了。

不喜欢阿仙奴的人不可能住在这里，因为这里经常人头涌涌，而且球迷大叔走过又会经常无故唱歌大叫，嘈到拆

1　编注：又译作阿森纳。

天。你喜欢阿仙奴的话，那些歌是热胜红日光的热血；但如果你不是阿仙奴的球迷，那就是恐怖的噪音。

那里的每间房子都会像《圣经》的出埃及记一样（以色列人要在门外涂羊血，表明以色列人的身份，以免上帝杀掉家中的长子），都会在窗上挂一点跟阿仙奴有关的装饰，这是"厂迷"的象征，也是"自己人"的意思。如果阿仙奴落败了，球迷愤怒的话也请不要泄愤于这里的邻居身上，要掷砖掷石的话也不要掷错自己人。

去阿仙奴看比赛也好，光去球场逛逛也好，如果要在附近找餐厅的话，球场外有间越南餐厅非常好吃，就在霍洛威路站（Holloway Road）的对面。如果在英国吃得太多炸鱼薯条的话，一碗热腾腾的越南汤河，会是你肠胃最需要的食物。

三个锦囊

又是开学的季节，学校总是人山人海。只有在开学的头一两星期，学校才会如此墟冚[1]多人。五个星期之后、学期中间的 reading week 是分水岭，几乎一半的人都会逃学，课室空位多了、饭堂不再需要等位，就连转堂时间学校门外抽烟的人都少了。即使有一半人选择坚持继续上课，他们都面色灰沉双目无神，如行尸走肉。无论伦敦无论香港，其实都一样，全世界大学都有同样现象。

我在这里日常遇到的都是研究生，不少像我一样都离乡别井，来这里读一年硕士。相比邻近的政经学院和伦敦大

1　编注：形容场面热闹拥挤。

学学院，亚非学院不多香港人。有些朋友今年也来读书，知道我在这里，问了不少在伦敦生活的问题，像租楼像物价像吃食，似乎做外地升学顾问比研究政治有市场得多。既然如此，就写三个伦敦的生活锦囊。

伦敦治安不好、走在街上不要低头用手机、伦敦有什么好餐厅等等，这些以前写过谈过就不多说了。

第一个锦囊：在伦敦最好不要搭的士（包括 uber）。价钱是一个问题，特别是街上那些传统黑色的士，最好不要试，因为车上面的咪表比我的心脏还要跳得快，不消三分钟，转两个街口已经跳到十镑。另一个大问题是塞车，伦敦的塞车问题是香港的几倍，由早到晚、廿四小时都是 peak hour。

第二个锦囊：留学生活通常都刻苦，差不多个个都试过财困，都要紧缩开支，古往今来都一样。李欧梵教授在《我的哈佛岁月》说，在他的留学时代，肉松三文治是他的充饥方法。英国的穷学生似乎比美国的穷学生幸运，每日下午一点在亚非学院门外，就有印度教团体在派饭，这个世界真的有免费午餐，只要排队就有。手推车上面有两个大桶，一桶是饭，一桶是咖喱，通常还有甜品或生果。不只排队吃饭的人高兴，学校附近的白鸽也高兴，全部飞过来吃地上的饭碎。

第三个锦囊：星期日是用来休息的。伦敦的大部分商铺，星期日下午五点就关门。以前在我家楼下的商场，有一家玩具店，逢星期日都关门，门外贴上一张告示说：星期日是家庭同乐日，所以店员要陪他们的小朋友。我想，有些家长可能只有星期日才有空陪小朋友买玩具，那天小朋友拖住爸妈的手，兴致勃勃去买玩具，去到门口才发现：星期日休息，我是那个小朋友的话，应该会喊到拆天。

　　我以前常常投诉伦敦商店星期日这么早就关门很不方便，不过我最近到瑞士苏黎世开会之后，就觉得伦敦很好了。开会之后，我特地多留一天想在城市逛逛。那天是星期日，瑞士的星期日是全日休息，超级市场也不例外。那天早上我从酒店退房之后，走了大半天，都找不到一间开门的商店。

　　幸好，终于找到一间有开店的酒吧，酒吧还有英超足球的直播。不过，阿仙奴还是落败了。

伦敦很危险

进了研究院之后，不时有人问为什么选择在伦敦读书？我通常都回答：伦敦很好呀，像学校、书店，而且音乐会、博物馆（还有阿仙奴），都是世界首屈一指。不过伦敦也有一些基本的生活问题，像搭车、食饭、住宿都很贵等等。所以在 Google Map 显示一个小时内可到达的距离，我都会步行；所以在一个星期中，我大部分时间都在家煮饭，尽量开源节流。唯一不能避免的就是住宿，虽然在伦敦露宿街头肯定不会寂寞，因为真的有太多露宿者。

记得我说过"故国风光好，久客心应碎"吗？伦敦再好，也不完美。

伦敦的地铁，大概不少人都写过闹过，又贵又讨厌，可恶之处罄竹难书。虽未至于最污糟，但你在月台等车的时候，只要低头望一望路轨，不骗你，几乎每次都见到大大小小、一只或一家三口的老鼠来回走动。上了车，车厢又矮又窄，连站直一点也不能（伦敦地铁是历史最久的地铁，当年开凿的隧道是圆桶形，所以列车也是怪怪的圆穹型车顶，因此伦敦地铁也称为 Tube）；车没空调，冬冷夏热，因为要开窗所以非常嘈吵……不数了，因为不会数得完，偏偏如此不堪却是生活的必需，没有地铁的伦敦是更加惨不忍睹的。刚过去的星期一地铁又罢工了，伦敦又瘫痪了。

地铁罢工在伦敦是等闲事，分别只是罢工规模是大或小，或者由哪些工人发起罢工，有时是司机，有时是月台工作人员，有时是列车维修人员。小型的罢工可能是某一两条地铁线所属的工会发动，影响相对较小，而且工人谈判筹码较少，资方小恩小惠已经可以换来让步，罢工随时取消。而今次的罢工，算大规模了，罢工的是车站职员，抗议裁员减人手。工会说全伦敦 270 个车站只有 10 个开放，只剩巴士火车运行。学校还算体贴，立即传来电邮，请同学们放心，今天的课都规定老师录影录音。

不喜欢搭车就走路吧，伦敦街头是很好走的，至少天气通常都清凉。不过也要时刻提高警觉，伦敦治安没有想象中好（很多人以为欧洲其他城市的治安比伦敦更差，但我一些来自德国、意大利的朋友都说，伦敦比他们老家感觉更危险）。真人真事，我一个来自香港的电台朋友去年来伦敦读书，在宿舍到学校的路上，边行边按手机，一秒之间手中的电话就给一个骑单车的大盗抢走。案发时是光天化日，路上亦有不少行人，一样无法无天，途人想帮忙追那单车大盗都追不到。

我自己也试过一次差点中伏，塞着耳机边走路边听歌的时候，无端端有辆单车在我旁边，忽然减慢跟我以相同速度前行，然后不断跟我说话，我除下耳机，原来他问现在是什么时间，我没有理会之后，他很快就加速离开，没有再问其他路人。

我估计，他想我拿手机出来帮他看看现在的时间，然后抢走电话立即逃走。你可能觉得我有点妄想症发作，不过这类抢电话新闻在伦敦很常见，之前警察就说，在伦敦街头，平均每天（是每天，我没有写错）就有314部电话被抢走。所以每个朋友来到伦敦，我一定千叮万嘱：不要在街上用电话。

拯救了我的圣诞灯饰

　　伦敦街上的圣诞灯饰，十一月中就亮起，气温也突然降至零度左右，仿佛灯饰的开关掣也操控天气，说冷就冷，立即充满圣诞气氛。不像香港，万圣节未过商场就播圣诞歌，大部分人还穿短衫短裤。

　　圣诞灯饰年年也差不多，香港海旁也好、伦敦街头也好，都没什么新意。但伦敦牛津街和摄政街上的灯饰，仍然吸引着我，每次走过都想起两年前的那一个夜晚，记忆太深了。现在想起来也觉得好笑，因为那不是什么荡气回肠的浪漫回忆，没有跟谁一起在灯饰之下相拥互吻，也没有什么异乡的邂逅艳遇。那只是一个孤独宅男的故事。

　　两年前的十一月，来了伦敦还只有两个月，但忙得恐怖，每天都要应付读完课堂书单上的文章，这已经是不可能的任务（mission impossible）。以前读本科的时候，一门课在一个学期的课纲（course outline）通常只有两三页，每个星期最多三四篇文章，当中只有两篇打上"星星"，标注为必须读的 required reading，其余只是作参考的 suggested reading，有兴趣才读。当然两篇十篇都无分别，因为我们根本就不会读。读政治的学生，个个天生都有吹牛的本领。

到了伦敦读硕士，一个学科一个星期的 reading list 已经两三页，还要读三科，压力大到爆炸。所以我跟很多从工作中休假一年、到英国留学的朋友说，书随便看看就可以，难得能够放低工作来到外地，感受生活比书本知识重要得多。读书不是不重要，但如果只有一年时间，权衡轻重一下，感受伦敦生活还是比记住国际关系的现实主义理论（realism）有意义。

但我选择了走读书的路，读书就是我的工作，所以必须拼命去读，将书单上有的都读完。那时候，虽然一个星期只得两天有课，但那两天也是我唯一会步出宿舍的日子。

除了将读不完的书都尽力读完，还要申请博士学位。两年前我也真的鼓足干劲力争上游，学期开始未够一半就想着博士论文的题目，然后写计划书、找指导老师，十二月就申请好了。你应该忍不住问：那么读书辛苦跟圣诞灯饰有什么关系呢？

那时候虽然住在 zone 1（市中心的位置），但真的接近一个月都没有离开过宿舍的一公里半径范围。因为"黑色星期五"（十一月的第四个星期五，几乎全部商店都会有大特价），上网买了几件衫裤，收到之后发现不合身，所以要退换。本来走去邮局寄回退货就可以，但难得有机会，就逼自己出去走走、呼吸一下一公里以外的空气。

那天从宿舍走到摄政街，冷风刮面，走到中途就想打道回府。走了大半小时终于走到，从小路转出人来人往的摄政大街，抬头一看，那些五光十色的灯饰已经亮起。那一刻竟然觉得感动，感动到眼泪莫名其妙掉下来。我知道这听起来很荒谬，但当时的感觉是：外面世界原来如此美好、街上的人如此欢乐，我为什么一直都没有发觉得到？

现在回想，那时候压力太大，又喜欢独来独往，不知不觉去到崩溃边缘。就是那些灯饰，把我从书堆拉回现实之中，重新感受生活。

在伦敦遇见画狂老人

最近去大英博物馆,看日本浮世绘大师葛饰北斋的展览。去伦敦的游客没有一个不去大英博物馆的,千里迢迢飞过半个地球,时间再短、行程再紧密也要去一下,为的是要看看馆里面的木乃伊(现在也有几具木乃伊来香港庆回归),看过才算来过伦敦、才觉得心安。

博物馆的后门就在亚非学院旁边,但说来惭愧,就算天天回校其实都有经过,偏偏这几年来也没有进去太多次。最近一次进到里面,是从学校走去霍本(Holborn)车站时,为了避雨而取道经过。一直抗拒大英博物馆,无非是人太多、空气不好,而且又要排队又要安检,非常麻烦。早几天热浪侵袭伦敦,在亚非学院历史系读博士的台湾朋友说,原本以为可以在大英博物馆找点冷气降降温，殊不知馆内比馆外更加闷热，立即掉头走人。

说回今次葛饰北斋的展览，早早网上订了票，六点钟准时在门口排队，免得摸门钉[1]。要看这些大师的展览还是最好先购票，上次想在泰特美术馆看英国当代画家大师 David Hockney 的展览，一直拖到展览的最后几天才动身，从西敏寺沿泰晤士河一直走到博物馆，怎料去到才知展览门票一早售罄，望门兴叹，实在扫兴。

葛饰北斋最出名的作品当然是"富岳三十六景"中的《神奈川冲浪里》，蓝色汹涌的波浪和波浪后面的富士山的画面，早已遍布世界各地。就连之前去苏格兰的小岛艾雷岛，所住的民宿也有一张印上这幅画的台布。而早在 1860 年，大英博物馆就第一次购入了葛饰北斋的作品。

《神奈川冲浪里》是葛饰北斋七十一岁时画的，他认为，人愈老画的画愈好，在七十岁之前画的都不值一提。在他七十四岁的时候，改名"画狂老人"，也是他给自己改的最后一个名（前后一共改了超过三十次名字）。相比起《神奈

1　编注：意即吃闭门羹。

川冲浪里》，我更喜欢画富士山东面的《凯风快晴》。这画有两个版本，一个是早期的粉红色富士，一个是赤色富士。在晚夏的季节，山顶的雪融了大半，日出的光线将富士山染红。

　　看展览和听音乐会一样，我都喜欢读相关艺评，多读一点评论才懂得应该欣赏什么、自己错过什么。英国《卫报》的钟斯（Jonathan Jones）闹得凶狠，他说展览的主题是"超越冲浪"（Beyond the Great Wave），想要强调葛饰北斋画完富岳三十六景的作品，但在整个展览中都看不到究竟"超越了什么"。他说策展的人想得太多（overthink），为了超越而超越，只会失去焦点，沉迷在学术的执着之中。

恐袭与恐惧

在那天，灰色银禧线（Jubilee Line）的地铁直接从绿园站（Green Park）驶到滑铁卢站（Waterloo），飞过两站中间的西敏寺站（Westminster），因为西敏寺站关闭了；而在距离西敏寺不远的皇家节日音乐厅，当晚举行的伦敦爱乐乐团音乐会也取消了，原本演奏的是布鲁克纳《第九号交响曲》。车站关闭、音乐会取消，都是因为当天下午在西敏寺发生的恐怖袭击。

来伦敦生活差不多两年，经过了前年的巴黎袭击，到去年分别在布鲁塞尔、尼斯和柏林发生的恐袭，英国虽然要离开欧盟，但命运跟整个欧洲仍然密不可分，一样随时面对恐袭的威胁，所以那种"会在伦敦发生"的预感一直都在。

正如英国政府制定的恐怖威胁级别，从 2014 年起就一直处于"严重"（severe）的状态，是五级之中的第二最高级。

恐袭本身在伦敦都不是新鲜事，不讲上世纪七十至九十年代爱尔兰共和军在英国发动的激进袭击，2005 年的"七七爆炸案"对于很多人来说仍然像昨天发生一样。我每天经过的罗素广场地铁站，站内有一块纪念牌写上二十六个遇难者的名字，每次离开车站都会见到。

2017 年 3 月 22 日，星期四下午，我如常到学校的博士生大楼工作。这是伦敦最典型的一天，回校之前吃午饭还下大雨，弄得全身湿透，食完那碟烧肉饭之后，走出餐厅已经大好阳光。回到大楼，坐低不久就收到老爸传来短讯，说在新闻中见到伦敦国会附近有人中枪，然后在日本工作的老朋友立即传来问候，看看我有没有在西敏寺附近出没。真是全球化的年代，英国时间下午近三点，远在香港的家人朋友，以及日本的，都比身处伦敦市中心的我更早知道伦敦街头发生的事。

打开 Facebook，西敏寺的图片、新闻已经洗版，本来都低头专心工作的研究生也逐渐知道有大事发生，开始有点躁动。但全部人都专注于自己的手机屏幕，一边看事态发展，一边报平安。当恐袭发生在自己身处的城市，袭击当下的一段时间，弥漫的气氛都是异常不安。一时说有炸弹爆炸，一时又说有几名疑犯在逃，信息谣言满天飞。然后最令人担心的是我们永远不知道这种袭击是单一的行动，抑或是连串袭击的一部分。2005 年的炸弹爆炸，在亚非学院旁边、罗素广场站内爆炸的地铁，就是当日七宗炸弹袭击的其中一宗。

恐怖袭击的恐怖在于防不胜防，永远在发生之前都无迹可寻。不知道会发生在什么地方，不知道针对什么对象，亦不知道什么时候完结。因为未知，所以恐怖。就像美国哲学家 Michael Walzer 在他七十年代所写的经典《正义与非正义战争》（*Just and Unjust Wars*）中，提到关于恐怖主义的部分。他准确地说：恐怖主义的目的，就是"要通过随意杀害平民百姓，来摧毁整个民族的士气、削弱人民的团结"。

Walzer 说恐怖主义就是"随意的滥杀"（randomness），而且没有人能够"免疫"（immunity），不论是什么种族、年龄或性别，恐怖分子就是"they kill anybody"。因为"只有没有目标的谋杀，才能在社会人群之中种下恐惧"。

所以面对恐袭，人应该做，也是唯一能够做的就是将恐惧压抑下来，就像伦敦市长简世德（Sadiq Khan）[1] 所说，伦敦"永远不会被恐怖主义所吓倒"。面对违反道德良心的恐怖主义，大众亦一样要违反常理，不能恐惧。虽然那块写着"伦敦就是面对恐袭，都一样会喝茶、生活的地方"的"地铁告示板"，后来证实了只是电脑伪造的图片，但所写的信息却最传神：恐袭当前，马要照跑，舞亦必须继续跳下去。不过说来容易，如何做到面对恐袭而不恐惧是一大难题。

在袭击之后一日，我从学校一直走到西敏寺附近。甫离开学校，就发现在市中心上空的警察直升机比平日多，噪耳的直升机盘旋声，似乎是在提醒街上的人应该保持警觉。经过唐人街之后走到特拉法加广场（Trafalgar Square），人潮开始聚集，准备当晚举行的悼念活动。大概因为是大型集会，手持长枪的警察在广场周围都可见，附近还停泊了好几辆加重防御装甲的警车。这里最有"恐袭后"的紧张气氛。

从广场继续向前走，可以经过白厅（Whitehall）、唐宁街10号等地方。根据记者朋友说，袭击当天这一带都封锁了，不能走近西敏寺。在袭击发生之后一日，警察仍然禁止车辆

1　编注：又译作萨迪克·汗。

驶入特拉法加广场及白厅附近，但行人就可以徒步走到西敏寺车站前面，远观封锁了周围的西敏寺国会大楼。我决定离开大街走到河边，沿着泰晤士河，经过警察总部"苏格兰场"一直走到西敏寺，然后转左行上西敏寺大桥，就是那名恐怖分子驾车冲上行人路乱撞的大桥。桥已经解封，除了在桥上面摆着鲜花、蜡烛，和一些来自世界各地的记者正在"做扒"[1]之外，这条在前一天还血肉横飞的大桥，一切已经恢复日常。我在桥上来回走了一次，感受到最大的矛盾。

骤眼之下，西敏寺、大笨钟仍然跟街边卖一镑一张的明信片没有两样，都是美丽的河岸。但在泰晤士河两边的大厦、政府部门，整列大厦的顶上，全部都下了半旗哀悼昨天的死伤者。桥上有牧师在行人路上，带着几个教徒，唱圣诗悼念死者。这样的泰晤士河，似乎不适合游客拿着相机、举着胜利手势自拍。难道这些游客不知道他们脚踏着的地方在前一天发生了什么？是因为难得飞越半个地球来到英国，所以老子管他三七廿一必须大影特影？还是为了表现出"面对恐袭而不恐惧"？恐袭带来的问题是：什么是人性？

1　编注：媒体报道新闻的一种方式，记者在新闻现场做现场直播或录像。

在研究院中，我有一个很好的研究伙伴，都是研究香港和台湾政治。他是德国人，家乡在柏林。我好奇欧洲人是如何面对这些恐怖袭击，是习以为常，还是一样恐惧？他说："我更讨厌那些右翼政客趁机出来'消费恐袭'，大放厥词盲反移民政策，那比恐袭更令人沮丧。"右翼思想的兴起，是坚信平等自由公义的人永远不能明白。

他还有德国人很典型、很 mechanical 的性格："面对这些恐袭，我不觉得太过受威胁，一来已经有很多的警察，像每次搭飞机都要过五关斩六将才能上机。而且从统计学来说，遇上恐袭的机会其实很微。当然我的一些家人、长辈还是会担心，就像今年的圣诞节没有到圣诞市场。"

我当然立即帮他 touch wood[1]、大吉利事。但这同时是我们的无奈，既然恐袭无迹可寻，亦即无可避免。唯有相信我们一直都相信的统计学，如果我们不相信人生之中买六合彩可以中头奖，也不妨以同样理由相信伦敦、相信欧洲仍然安全。

1　编注：一种迷信说法，触摸木头可以避免厄运。

从废墟中复活

英国大选刚刚完结，没有半点意外，我住的选区韦斯咸继续是工党票仓。这个选区自 1997 年成立以来，工党从未输过。而伦敦本来就是工党的天下，原因很简单，伦敦人以伦敦的多元文化为荣，平均学历也较其他城市高，思想比其他英国地方的人都更左倾。所以在伦敦，更多人支持工党，更支持希望留在欧盟。

而我就住在韦斯咸的史特拉福特（Stratford），2012 年的伦敦奥运就在这里举行，选手村和比赛场馆都在这里。这个地区是所有读城市规划、城市设计的人重点研究的地方，因为这里是城市重建的典范。我读本科时，曾经来伦敦访问，去了亚非学院，也到了史特拉福特考察。几年之后，现在于亚非学院读书，住在这个奥运区，生命好像都早有安排。

史特拉福特在奥运前后是两个世界，以前是一片废墟，只有放满垃圾的空地和充满污水的河流；一场奥运，先将垃圾、污水全部清走，然后大兴土木建造场馆将社区变成奥运中心；而奥运之后，田径主场馆变成英超球队韦斯咸的主场，游泳场馆变成公众泳池。选手村呢？就变成大型屋苑，我现在住的就是白俄罗斯和约旦运动员入住的那一栋。整个奥运中心成功转型成为东伦敦的生活中心。

很多城市在奥运之后，只剩下一堆荒废的场馆和非常吓人的财政亏蚀，美其名是旅游景点，实际上是食之无味弃之可惜的鸡肋；而伦敦的成功，在于奥运之后，将这个地区变成伦敦人生活的地方。据说现在东京也希望可以参照史特拉福特的经验，这就是伦敦的软实力了。

去史特拉福特要搭伦敦地铁的红色中央线，有天晚上放学回家，乘地铁经过利物浦大街车站，看到在月台上有个二十多岁的男人，瑟缩在转角，带点慌张地左右打量周围，然后拿起像录音机一样大的电子烟，急急抽了两口。看他痛苦的表情，就知道烟瘾发作实在难耐，仿佛不立即抽一口就会昏掉晕倒似的。

不过，这个慌张的表情其实在伦敦随处可见，因为见过不止一次，在巴士在地铁在商场在球场，只要是禁烟的地方，间中都会见到这些偷偷抽一口电子烟的慌张面孔。因为伦敦生活太贵了，抽一根烟也是奢侈品（抽烟朋友说一包烟盛惠十镑），所以在这里，他们要么自己卷烟，要么抽电子烟。这种电子烟在伦敦特别流行，周街见到也闻到，十次见到抽电子烟的人，九次都会闻到那些甜得离谱的士多啤梨[1]味，就是动画《反斗奇兵》第三集中的奸角、士多啤梨揽揽熊的味道。

有人说，抽电子烟是为了戒烟，但因为太过方便，不单戒烟不成，最后反而愈抽愈多。这些东西最好还是可免则免，无谓自欺欺人。

1　编注：即草莓。

图亭最有型

　　六年以来、头六季的《权力的游戏》（*Game of Thrones*）一直都说 Winter is coming；到了第七季，Winter 不再 coming，因为 Winter is here，寒冬终于来了。

　　刚刚播完最后一集，临冬城（Winterfell）的大家姐站在城墙说："When the snows fall and the white winds blow. The lone wolf dies, but the pack survives." 中文翻译不是什么"一股白风……"，应该是：万众齐心、团结就是力量。西方神剧（网上见到评论形容为"史诗式神剧"）一样讲老土大道理。

　　不止抵抗寒冬要互相紧靠，建造好的社区、解决社区问题，也一样应该聚集众人意见和力量，以由下而上（bottom-up）的方法建设社区。因为只有住在那个地方的人，才会知道那个地方需要什么。所以领展（Link REIT）管辖的那些公共屋村商场，是最差社区的示范：赶走小铺，引入一式一样连锁店，表面上带来系统的管理，实际却不符合居民需要。

好的社区没有特定指标，不会因为有一间连锁麻辣米线店、一间连锁大药房，就成为社区典范。每个社区都住着不同的人，所以每个社区都应该有不同的需要，不可能一式一样。当社区慢慢失去独特性，也代表人和社区的关系开始脱离。将军澳跟屯门、马鞍山，慢慢失去分别。

最近《卫报》有一则报道，介绍伦敦南面的图亭（Tooting），这个地方在旅游书 *Lonely Planet* 最近选出的十个 coolest neighbourhood（最有型社区）中，榜上有名（排第十）。本身是图亭人的伦敦市长简世德分享了这则新闻，他接替约翰逊成为市长之前就是图亭选区的国会议员。简世德一直都对自己是图亭人这身份而自豪。

在伦敦生活久了，习惯这里的生活节奏之后（对，很慢很慢……），就会发现这个地方的美好。因为这个城市什么都有，是名副其实的国际大都会，伦敦的多元化、多样性（diversity），将所有在伦敦生活的人都感觉到一种莫名其妙的自然。明明很多人都是移民，都离乡别井，隔篱邻舍都是不同种族肤色的人，却多多少少在伦敦找到一种家的感觉，找到属于自己的一个社区。

图亭就是一个浓缩版的伦敦，将多元化发挥得淋漓尽致。跟伦敦人提到图亭，大概会想到三件事：泳池（全英国最大室外泳池），简世德，还有市集。

图亭有两个市集，Tooting Market 和 Broadway Market，在里面可以吃到世界各地的食物，有中式点心也有日本刺身，有牙买加烧鸡（Jerk Chicken）也有英国手制啤酒，什么地方菜式的餐厅都在市场集合，而且全部正宗地道；市集内有找换店，荧幕显示巴西、加纳、拉脱维亚、菲律宾等等地方货币的汇率；还有不同国家不同地方的杂货、服装、盗版影音碟、按摩店等等。一句到尾：要乜有乜[1]。

我知道，去过伦敦但未去过图亭的人一定会问：那有什么特别？伦敦其他更有名的地方，像东面的 Brick Lane、南面的 Brixton 也一样多元化、一样有市集，为什么图亭可以跻身 Lonely Planet 世界十大社区？

图亭的独特之处，在于这个地方随处都可以找到由下

1　编注：即要什么有什么。

而上建造社区的成果。听起来有点抽象，我举几个例子你就会明白图亭的美好。

图亭两个市集有很多好餐厅，也有喝咖啡喝啤酒的地方，唯独没有一个喝红酒的地方。两个住在图亭的居民，觉得图亭竟然没有一个喝红酒的地方实在说不过去。所以在众筹网站 Kickstarter 发起众筹，计划筹集 5000 镑，希望成立一间有红酒喝、有红酒卖、有饭食的地方。

结果呢？成功筹了 8700 镑，图亭的三合一红酒店顺利开张。图亭人还利用众筹，开了一间有 live music 的咖啡室和一间喝茶的专门店。当社区有所欠缺的时候，就集众人之力，将欠缺的补上。

Lonely Planet 选的是 the coolest neighbourhood，不是旅游景点，而是日常生活、邻舍交往的社区，所以图亭的独特也不单体现于饮饮食食。离开市集走大概五分钟，就会走到一间教会，这教会每星期五都会借出场地，给机构 Be Enriched 办免费派饭活动（Canteen Project），教会礼堂化身餐厅（Canteen）。

派免费饭这回事在伦敦本身不算独有，我学校亚非学院的门口，每日下午（星期一至六）就有印度教团体派饭，每天都大排长龙。虽然图亭的派饭一星期只有一日，却更加特别。

访问了负责这活动的 Abigail，她本身就是图亭人。她说这个 Canteen Project，没有宗教背景，纯粹服务这个社区。他们每个星期煮的食物都不一样，因为他们的食材是由邻近的大型超级市场所捐赠，所以整个计划都是社区自给自足。这计划最近发起众筹（图亭人真的很喜欢、很支持众筹），希望机构可以有属于自己的地方，不必倚赖教会的场地。一个多月时间，筹了 16300 镑，达到最初订立的目标。

Abigail 说，钱已经足够了，现在的最大任务是寻找一个适合的地方，希望可以每星期多办几次派饭活动。住在图亭的人，都像简世德，非常强调自己的图亭人身份。而 *Lonely Planet* 这次的选择，将图亭发扬光大。在图亭长大、在图亭工作的 Abigail 说，这里的人无论什么背景都好，都可以找到归属感。

所谓社区，就是关于归属感。因为觉得自己属于这个地方，才会愿意参与众筹；当众筹计划落成之后，在社区中见到自己有份参与、有份贡献的成果，又会巩固自己和社区的关系，更希望为社区出力。这是简单易明的良性循环，也是一个社区的应有之貌。

暂别英伦

　　来到十二月，准备动身离开伦敦。不过读者不必恭喜，不要以为我已经学有所成终于毕业，因为现实是：距离可穿着火红长袍（亚非学院的博士袍是火红色的）的日子尚远，前面还有一万里。离开伦敦，是因为要到台湾进行"田野调查"，收集数据。

　　这个世界永远都是"你看我好、我看你好"，而学术以外的人又总会觉得读书做研究的人最好，因为生活没有"朝九晚五"的规范，因为我们对"最近忙什么"这问题的答案，永远都是"看看书、写写东西"，听起来都无所事事。不想过分 victimize 学术生活，初尝学术研究生活几年，时间的确比大部分人都自由。只是各行各业各有难处，象牙塔里生活孤单、消磨意志。

做学术研究的"好处"是常常飞来飞去，但实际上就跟我之前说过一样，是居无定所，像杜甫说的"漂泊西南天地间"。现实生活不像电影里面的主角一样，总可以在两秒之后，换个镜头，就从这个城市搬到那个城市。每搬家一次，都耗尽心力，什么应该留在伦敦、什么应该搬到台湾、什么又应该寄返香港。搬了几次之后，东西散落各地，我几乎连自己此刻身在何地也快搞不清……

收拾好之后，还有三两天时间，将平常在伦敦最喜欢做的事都做一次。要暂别这个城市，竟然有点不舍。我走到伦敦的南岸，天早已黑了，冷得要命，在河边特别大风。但我还是想在河边走一会，因为这一段路是我在伦敦最喜欢走的路。将大衣扣好、用颈巾把自己裹着，迎着风，每一步都觉得自己在跟世界对抗着。从伦敦桥起行，终点是西岸的国会西敏寺，途中走过博罗市场（Borough Market）、泰特现代美术馆（Tate Modern）等等。

走入皇家节日音乐厅（Royal Festival Hall）旁边的国家剧院（National Theatre），那是粗犷主义的其中一座代表建筑。建筑师是 Denys Lasdun，亚非学院图书馆也是他的作品。

最喜欢到剧院的餐厅，点杯咖啡、一件布朗尼，严寒天气总是摄取多点热量的最好借口。充一充电之后继续向前走，走到大摩天轮。伦敦眼给灯光打成红色，因为都给可口可乐赞助了。

迎面走过的是一对恋人，男的拖紧女、女的抱着狗狗毛公仔，一脸幸福快乐。在冬天，伦敦街头的情侣都是这样，都是去完海德公园的冬日仙境（Winter Wonderland），那个男的要么"掷彩虹"、要么"跑企鹅"，中了奖，赢了一只毛公仔，也赢了善女子的心。

离开伦敦，短暂停留香港之后就会转到台湾，待到明年九月才回伦敦，所以专栏也慢慢从写伦敦变成写台湾。董桥先生当年写《旧时月色》，说的也是伦敦和台湾的故事，能够有这样的机会在同样的地方写人和事，是我最大的荣幸。

智慧城市与自慰城市

早阵子看了一单新闻，石破天惊，原来政府去年底发表"香港智慧城市蓝图"，要在五年之内将香港变成智慧城市。早前，见过乔布斯（Steve Jobs）的创科局局长杨伟雄出来接受访问，介绍这份蓝图。

一听智慧城市，脑里立即想起电影里面的未来世界，的士巴士什么都可以飞来飞去，以后马鞍山去屯门一飞就到，那就好了；然后又幻想早前在秦皇岛试行、震惊全世界的防塞车神器——"巴铁"（架空巴士下面可以行车）——在弥敦道行驶。发完梦，看杨伟雄的访问，他介绍智慧城市的其中一项新技术，叫智慧灯柱。

报道说：智慧灯柱加装多功能感应器，收集车流等不同数据。杨伟雄说："例如观塘塞车，到底几时车最多、塞车原因系乜，部门就可以用数据处理。"杨局长说话总是没有说服力。

生活苦闷，有些网上的短片我看完又看，原因无他，因为够好笑够减压。像澳门特首崔世安读普通话是我的 all time favourite，而杨伟雄说见过乔布斯的一段也是我的收藏之一，每次看都完全不知道他想说什么。这样的大叔也可以做创科局长？

最近一次重看，我有新发现。片段一开始，杨局长这样说："你说什么蓝图紧要，其实呢……"他说蓝图的时候，不断地耍手拧头[1]，强烈表达一种予以否定的态度。原来杨局长的创科哲学，从根本就怀疑（discredit）蓝图的重要。而所谓"智慧城市蓝图"是施政方向，为什么还要找理念不同的杨伟雄做局长，处理他根本就认为是不重要的"蓝图"呢？

这个年代当然是大数据的年代，但大数据的用处不是收集了就算。杨伟雄说智慧灯柱可以知道什么时候最塞车，这是最低能无知的方法解读数据。杨局长应该不多上网，还

1　编注：形容坚决拒绝时又是摇手又是摇头的情状。

停留在买光碟睇杂志的年代。不过，色情网站早已成为很多人的生活必需。像色情网站 Pornhub 也收集观众喜好、观看时间等数据。如果将这些数据交给局长分析，他大概只会总结得到哪个女优最受欢迎。但大数据不是这样用的，这些网站就比较不同国家观看影片时间的长度，看看每次看一分钟抑或半个钟，然后推断哪个国家的人体力较好等等。

再给杨局长多个应用数据的例子，现代人不听 CD 或录音带了，喜欢用串流平台听音乐。早前看了 Spotify 的一个报告，说每年新年很多人都是订下健身计划，但通常都撑不到情人节就会放弃。杨局长一定问：为什么这些音乐平台可以知道其他人的健身计划？难道你真的见到我没有再去做 gym？当然不是，因为每年年头的一些健身 playlist 总会有很多人播放，过了一个月左右，收听的数字就会下跌。从用户听音乐的习惯来推断人的生活习惯，这才是大数据的应用。

杨局长如果以为装了几条智慧灯柱就变成智慧城市，其实跟高官们说选举公平公正一样：是自我安慰，将其变成"自慰"城市。

香港小姐

　　最近在中学同学的朋友群组，流传一张同班同学参选港姐的照片，引起朋友之间一阵哄动。在照片中，她摆好姿势站在那块"2018香港小姐竞选"的挂牌前面，稍稍向右侧身望向镜头。

　　我本来带点质疑，因为我记得她的英文名字跟传媒所报道的不同（但我实在记不起她本来的名字是什么，只肯定不是如此"MK味"[1]浓的英文名），轮廓也好像变了不少。但经朋友求证一轮之后，说她确实是当年那个神秘的同学。想一想，这个年头在脸上、在身体上加减乘除一番其实是平常

---

[1]　编注：MK是旺角英文Mong Kok的缩写。

事，轮廓不同了也正常不过，真的十年如一日才更值得怀疑。只要变得更好、变得更美就可以了。至于实际上有没有变好变美，她觉得有就足够了，就像她一定觉得今日这个英文名比以往的那一个英文名更好一样。

说她是神秘同学，因为她总是神出鬼没。我们普通学生，一个星期营营役役上课五天；而她却不知为什么总在一星期之中有两三天缺席，所以她坐的位子通常都只得一张空凳。就算她有回校，也通常迟到，然后整天低头睡觉，或在抽屉下偷偷摸摸玩手机，仿佛无时无刻都在表达对体制的不满与反动。当年面对末代会考，全班都压力爆煲，唯独她永远都一副志不在此的从容模样。原来她志在那个 Miss Hong Kong 的冠冕。

中五毕业将近十年，朋友说她在电影跑过龙套，又有朋友说她做船务专门卖澳门船票。我记得有一回在伦敦街头好像见过她，不过也没打招呼，除此之外都没有见过面了。见到她参选港姐之后，我在 Facebook 找了一下，发现我们之间连 Facebook 好友也不是，所以非常肯定她没有读过我写的任何一只字。当然，我也没有看过她的电影（也可能看过但没有找到她）。

很多时候，每次看到一些昔日的同学，现在过着跟自己很不一样的生活、追逐截然不同的目标时，我都会觉得很奇妙。奇妙是因为我们在如此不同的人生中，竟然曾经有过几年时间，很近距离地在一起生活，在一个特定的空间底下有过"同学"这关系。

我想起跟林奕华导演的一次对话，那时他在准备《机场无真爱》这出舞台剧，我们谈到机场的特别。他说机场是个很有寓意的地方，因为机场的日常都充满矛盾，无时无刻都有相遇和离别。但我每次想起机场，都觉得机场很像一间学校，而每个学生都是飞机，各自有着或远或近的目的地。在起飞之前，几架飞机停在附近；到起飞之后，大家飞到不同的地方，很可能从此都不会再见面。学校就是这样将风马牛不相及的人都拉在一起。

朋友跟我打赌，说她首轮止步。但我决定延续我最近看世界杯的精神：锄强扶弱，支持她勇往直前，荣登香港小姐的宝座。同学，加油呀！

消噪香港

　　年尾圣诞，本来应该欢乐放假轻松一下，偏偏撞正几个死线同时杀到，只能躲在家中读书写文。节日街上人头涌涌，躲在家也好，村上春树的新小说《刺杀骑士团长》来得合时，工作大半天之后，奖励自己放低手上因为工作而必须要读的书，将哈佛教授 Daniel Ziblatt 的 *Conservative Parties and the Birth of Democracy* 换成《刺杀骑士团长》，读一下小说，我的世界重新充满希望。

　　村上的长篇小说几年才出一本，所以要慢慢读，而且要读得用心。我特意找了莫扎特的歌剧《唐·乔凡尼》(*Don Giovanni*) 来听，1996 年萧提爵士 (Sir Georg Solti) 指挥伦敦爱乐的版本。《唐·乔凡尼》的第一幕剧情，就是"骑士团长"

给唐·乔凡尼杀死。边听歌剧边读小说，这样才算村上春树的粉丝，才算对得起作者的一番心血。

自从用了 Spotify 之后，实在方便到不得了。在 App 里面输入 Don Giovanni，几百个版本任我选择。记得上次读《没有色彩的多崎作和他的巡礼之年》，那时还未流行 Spotify，下课之后我立即冲去中文大学联合书院图书馆找 CD（据说现在 CD 馆藏已经搬到山脚的崇基图书馆），生怕其他文青朋友快我一步借走李斯特的《巡礼之年》，找了又找，只有 Alfred Brendel 的版本，没有小说中所提到的 Lazar Berman。另一次在图书馆找 CD 的经验，是读邵颂雄教授的《乐乐之乐》，读得过瘾，决定一次过借巴赫《葛德堡变奏曲》的四五个版本比较一下。我想，我是最后一代会去图书馆找 CD 的人了，现在根本没有这个需要。

说到音乐，这几星期回来香港之后，每次出街都要戴上消噪（noise-cancelling）耳机听音乐，将外面世界阻隔开去，因为这个城市噪音泛滥，无论街上、车厢抑或咖啡店，都一样嘈得可怕。现在住乌溪沙，这个以前只有学校秋季旅行会去的地方，就算不是偏远得像世界的尽头，至少也是港铁马鞍山线的尽头，每次出入市区都要从总站搭到总站，到大围转车。而我每次上车之后，都会走到列车的尽头，找"静音车厢"。

都在偏远地区乌溪沙的静音车厢，算是这个城市尽头中的尽头，为什么还要"消噪"？原因很简单：因为"静音车厢"旁边的"不静音车厢"、车厢内电视机的声音，大声到我在静音车厢里面也听得清楚。而车上的其他人，更不理会什么静音不静音，他（她）们要么大声聊天，要么在电话里高谈阔论，生怕其他人不知道他（她）最近失恋失眠伤风感冒和便秘。

我怀念在日本坐地铁，人家列车上面照样播放广告，就像山手线的那列新火车，周围五六部电视，每部同一时间播放着不同的广告，但都只有画面、没有声音。而车上的所有人，无论年轻男女抑或大叔大婶，不用说他们不会讲电话了，就连追赶上车之后也不敢喘气。公共场所，本来就不应该吵吵闹闹，香港何时才可以静下来？

文化差异

是香港人急，还是英国人慢？来了伦敦差不多两年，平日除了思考自己的论文研究之外，想得最多就是这个问题。在应该很快的快餐店买个汉堡包，一催再催之下，站在收银机前等了足足半个小时，最后下单的汉堡包竟然变成鱼柳包，我投降了，鱼柳包也很好吃，不是吗？在英国生活一定要学懂随遇而安。当我三分钟食饱之后，原本排在我前面的老外西装大哥仍然在等，一边等一边闹，而类似的画面类似的场景，就像西区（West End）的歌舞剧一样，每日都重复上演。

这一切都关乎两个字——效率。香港人惯有效率，一切都理所当然，所以未必明白什么是效率。再讲多个"没有效率"的例子：我持学生签证在这边读书，在英国的电台做兼职帮补一下，以学生签证工作，理论上不需交税进贡英女王。但出粮[1]的时候看一下银行户口，薪水少了两成多，原来都给政府抽起了，是税金也是国民保险。

然后戏肉[2]来了：我打电话给公司人事部，但电话小姐录音说电话故障，明天应该修理好，到时再打来吧。明日复明日，明日何其多！过了差不多十个 tomorrow 我才打得通电话，辗转再打电话给英国的税务署，又等了那个永远都大忙的客户服务主任大半天。终于更新了我的个人资料，电话另一边的小姐说：可以免税了，很快就会退回税项。到了写稿的今日，这个"很快"仍未出现，看来只有再打电话跟税务署搏斗多两回合才能解决问题。如果在英国生活，照样以香港人效率至上的心态生活，轻则元气大伤，重则人体爆炸当场喷血。

所以在这边，时不时去唐人街食碟叉烧饭，怀缅的不止于食物，还有香港人的工作模式，就像闻名中外的旺记，你肯定可以重拾香港茶餐厅的气氛。香港人就是喜欢这种近乎"非人性化"的工作模式，日常被老板要求要像机器一样高效而且无情，长期受虐之下逐渐享受受虐，就连食饭也要

1　编注：意即发工资。
2　编注：意即好戏。

在如此高压环境之下才"过瘾"。所以"澳牛"[1]才能够在香港生存而且受追捧。

我喜欢看 Google Map 中食客对餐厅的评语，外国食客对旺记的评语好坏各半，但大半人都说：This is the rudest restaurant I have ever been to.（这是我去过的最粗鲁的餐厅。）这就是文化差异，这种港式高效风格，放在英国当中，外国人同样未必接受得来。

讲起伦敦唐人街，不得不提近年一大现象。早几年来伦敦时，唐人街上餐厅的名字都很香港，像翠亨村、正斗、湾仔阁等等，大部分门口都挂着几只烧鸡烧鸭（英国人不食鹅，天鹅是英国王室财产，你食一只鹅就等于食了女王的财产），食的都以粤菜为主。

但在近年来，唐人街不少餐厅都易手了，小香港变成小北京、小四川，烧腊变成麻辣锅，就连本身是卖粤菜的酒楼，门口都贴上非常临时、用 A4 纸打印出来的几只大字："东北菜"、"四川风味"，遮盖在"正宗粤菜"之上。南去北来，这是大趋势了。

---

1 编注：澳洲牛奶公司（Australia Dairy Company），香港一家茶餐厅，以上菜速度快出名。

温柔的台湾

　　台湾人是温柔和体贴的。无论是卖书的抑或卖鲁肉饭的，甚至是站在开篷车上跟选民拉票打招呼的不同政党候选人，他们的语气和声线，永远都是真诚的温柔，跟出名面口俱黑、永远效率先于感情的香港人是两个极端。

　　所以当我每次去那一档在师大附近的街边鲁肉饭店，老板娘跟我说"帅哥，今天吃什么"的时候，那种感觉跟我在香港的茶餐厅听到"靓仔今日食乜"是两码子的事。鲁肉饭店的老板娘是认真望着我叫我"帅哥"，而茶餐厅的大婶是望着餐厅的电视叫我"靓仔"。

　　如果香港人卖的是效率，那么台湾人卖的就是体贴了。所以台湾有诚品有鼎泰丰，品牌形象都一样非常鲜明：就是要每个顾客都感觉得到受重视受尊重。可能每个打开门做生意的人都知道服务态度之重要。要如何做到，而且做得好，才是关键所在，才是成功之道。要体验鼎泰丰的体贴，不在于服务员如何帮你调配醋和酱油的比例，而是在于取票等位的时候。

在鼎泰丰食小笼包通常都要排队等位（题外话，闻说伦敦分店快要开幕，这是天大喜讯），取票之后等待叫号，等了大半小时终于轮到，而可怕的事就在这个时候发生了。明明身在台北，但那个"叫号"的机器却用广东话来叫号（而且是只用广东话），然后在叫下一张票的号码时，又忽然转为日文。如此神奇，全因为站在门外帮你登记取票的知客，会在你登记时说"几多位"的电光火石之间，判断你来自什么地方，然后在轮到你入座的时候，就会用你的语言去叫号，给你一个回家的感觉。来了台湾之后，我的目标就是在离开台北之前，练好一腔标准台式讲话，令鼎泰丰的知客小姐不必再为我选择广东话服务……

台湾有网民说，鼎泰丰就像飞机一样，全店的服务员懂得几十种语言可以随时大派用场，就算你跟他们讲哈利·波特才懂得的"爬说语"，也照样可以点到小笼包和酸辣汤。

台湾人的温柔是真诚的。去到台北，第一件事要到我所附属的"中研院"社会所报到。第一次去到老远的"中研院"，拿着一张"报到表"，要向所内的不同老师职员打声招呼、介绍自己，几乎每个老师都说："刚来习惯吗"、"慢慢来，不要急，先安顿好最重要"等等。然后开始收到所内的电邮：每月都有"×月寿星"的电邮，寿星们有小盆栽作礼物；早前气温稍冷，又会有电邮提醒今天"空调转为暖气"；又或者"男厕装设感应灯"，提醒我们不用关灯……

　　来到台北生活之后，除了间中感觉到微微的地震有点吓人之外，最最不习惯的，就是台湾人的温柔。而我最怕习惯的也是这里的人的温柔，因为习惯之后再回到香港，一切都会回不去了。

地道台湾游

　　来了台湾之后，有两件事我总是想不通、摸不透，堪称为"台湾两大怪象"。

　　第一是搭公车（即搭巴士）。世界各地搭巴士都是上车拍卡先付钱，但台湾不一样，而所谓不一样也不代表像在香港搭电车一样、下车才付钱的意思。在台湾，有些巴士是上车拍卡，有些是下车拍卡，也有一些是上车下车都要拍卡。

　　我不明白究竟应该上车还是下车才付钱，更不明白"下车付钱"的道理在哪里。香港电车可以在下车才付钱，是因为车厢设计是后上前落只有一个方向，每个下车的人都总得经过司机，也因此总会记得付钱。但台湾的巴士前后两道门，都可以上落，只要稍稍不专心，下车都会忘记拍卡，而每次忘记之后都几乎内疚得想像粉丝追车一样，追上巴士拍卡补付。我每次上巴士都像做社会实验，总会目测什么人会"忘记拍卡"，结果是很多人都会选择"忘记"。

除了搭巴士之外，另一个怪现象就在互联网上。香港年轻人都喜欢到高登、连登等网上讨论区，而台湾年轻人则喜欢用批踢踢，又叫 PTT，一个极其原始、只得文字的网页，我怀疑这个网站由 1995 年面世以来就没有怎样换过版面。

谁说现代人贪新忘旧不求实际？台湾年轻人到现在都仍然活跃在 PTT 当中，而且未曾更新，每天仍然有很多则帖文，有很多人回应讨论。甚至有人曾经写学术论文，仔细分析 PTT 在社会如何促进沟通，可见 PTT 的影响力。

所以想要深入了解台湾，例如知道当地人去哪间书局、喝哪杯珍珠奶茶，都必须潜入 PTT 之中爬阅不同帖文。以书店为例，倒也证明了我颇为"在行"，因为在 PTT 中，台湾学生也推介我最喜欢的两间书店：唐山书店和水准书局，都是小店，都是懂得书的人要去的地方。

记得五六年前去唐山书店，找到一大堆很久很久以前的牛津大学出版社的旧版书，包括几期由牛津出版的《今天》，收获很丰富，行李也差点超重。现在常住台北，也常常走去唐山打书钉，无意中找到了几本"宝物"，是青文出版、丘世文的《一人观众》和《周日床上的顾西蒙》，还有一本也斯的《香港文化空间与文学》。逛这些小书店，无论逛几多次都随时会发现以前走漏眼(或者真的无端端走出来)的好书。

至于师大夜市旁边的水准书局，书店老板曾大福名震天下，常常向客人"推介"好书，无端端会走来跟你推销"买十本送十本"、"这本半价给你"、"这本不好看不收钱"。PTT上面说，老板给女生的折扣多过男生，也有些人实在受不了老板的疲劳轰炸，而我也一样，常常给曾老板吓走……

食在伦敦

　　很多朋友在外国读书生活，几个月后就发福发胀，衫裤都要全部买大两码。我是难得异数，前年九月初去伦敦，半年之后回港一趟，上磅一称，足足轻了四十磅。去英国几年，换来学位之余，还将所有讨厌难减的赘肉都减走了，是一箭双雕。

　　不过，四十磅不是小数，半年更不是长的时间。家人朋友以为我偷偷去了抽脂纤体，个个都问我究竟是哪间公司的疗程如此有效，可否私下转介一下。也有人说，一定是英国的食物太恶劣了，董桥先生最喜欢的英国作家毛姆（William Somerset Maugham）就这样说过："在英国要是想吃得好，你必须一天吃三次早餐。"（To eat well in England you should have breakfast three times a day.）

　　这句话说对一半，尤其是对初到英伦的人来说，缺乏"揾食"的经验，胡乱选一间餐厅随时中伏，随时出事。试过在圣诞节那段时间，英国人都过年过节，很多餐厅都关门，那段时间仍然开门搏杀做生意的都是高危的餐厅。平安夜走到宿舍附近一间日本餐厅吃晚餐，平常路过通常都没几台客人，那天晚上难得满座。差不多三十镑一份定食，单单是头盘的两件豆腐寿司，就令我想起在香港惊天地泣鬼神的"红豆军舰寿司"。假期之后，那间日本餐厅恢复常态，继续只有一两台客人。

　　我说毛姆只讲对一半，因为伦敦还是有好的餐厅，不必每天都吃三餐 English Breakfast，关键在于你找不找得到。找对了，就 stick with it，那就万无一失。像在唐人街，现在时移世易，北方菜四川菜愈开愈多，粤式点心小菜买少见少，要找一家酒楼吃点心也愈来愈不容易。伦敦唐人街旁边有条小巷，小巷上有间粤菜叫新醉琼楼，每次食过之后都觉得回了香港一趟。在外地吃中餐、饮茶食点心、用广东话点菜，为的都是一解乡愁。

　　香港人的第二个"家乡"是日本，所以在伦敦也要找日本菜。西伦敦的 Finchley Road 是日本人在伦敦的集中地，日本餐厅特别多，有间餐馆叫 Café Japan，坐在寿司吧台，点一个 omakase，由日本师傅福岛先生发办、一共十四款寿司，非常不错，比在香港一般吃到的日本菜都要好。

　　不过在伦敦出外吃饭，都是高消费，动辄几十镑，所以根本不可能天天出外食饭，只能自己煮。去伦敦之前，我是典型港孩，几乎连电饭煲也未用过，现在两年未够，我已经进化到可以自制萝卜糕的地步了。原来，在外地生活不止是取得学位和成功减肥，而且还学会了煮饭求生。这是一箭三雕的经验。

寻找香港的味道

　　之前介绍几间伦敦餐厅，懂得中文的日本同学田中兄读完之后说，"你还数漏了在格林威治的 Zaibatsu"。田中兄读亚洲政治，上年在亚非学院学中文，现在于外务省工作，刚刚派驻到沈阳。我们上年都住学校宿舍，几次喝酒喝到半夜，然后每次他都在我喝到半醉半睡的时候，叫我教他中文功课。他的普通话比我说得还要标准，所以只会叫我教他中文写作。

　　Zaibatsu 是间日本餐厅，在格林威治附近。上年几个一起读亚洲政治的同学，碰巧有两个同时生日，朋友就提议不如吃晚饭庆祝一下，所谓庆祝生日纯粹为了师出有名，吃饭喝酒聚在一起才是重点。老家在德国的保罗在网上找到这间 Zaibatsu 餐厅，他说单是餐厅的名字就值得我们去了。因为我们整个学期读的学的，就是亚洲国家的政治经济，而 Zaibatsu 本身是日文"财阀"的意思，读学者 Chalmers Johnson 写日本的发展型国家模式时就不断用到这个字。

这间日本餐厅食物非常不错，点了一碗大虾咖喱饭，味道不输日本，而且六镑半就可以埋单，这个价钱在伦敦是非常难得。而这间财阀餐厅最神奇的地方，是当晚我们吃得七七八八的时候，餐厅突然调暗灯光，侍应唱着生日歌、捧着一个插上蜡烛的心太软蛋糕出来，祝我们生日快乐。我们四个男人脸都红了，你眼望我眼，为什么侍应神通广大知道我们当中有人生日？从来都没有人提过这餐饭是为了庆祝生日。为什么有免费生日蛋糕心太软，至今仍然是一个谜。

都说过在英国找好的餐厅、好的食物要花工夫，然而有些时候会忽然兴起，想吃一些只有在香港才吃得到的东西，那就只可以靠自己了。幸好现在科技发达，稍稍 Google 一下就找到食谱，然后比较几个不同教学，找个靠谱一点的跟着做，通常都不会失手。像在香港快餐店吃得到的蘑菇饭，在英国不会找到。但原来找一点火鸡汁和黑椒来将蘑菇煮熟，就会煮出神似形似的辣汁蘑菇饭。

我之前说自制萝卜糕，也是网上自学的。以前每年过农历新年，其中一件最期待的事，就是食到外婆自家制的萝卜糕，总是有特别多的萝卜和出奇多的胡椒味，这个味道在外面永远不会吃到。然后来了英国读书，也就足足两年没有回香港过年，几乎试尽唐人街上每一间有萝卜糕卖的酒楼，没有一间满足到我。唯有靠自己，买一条萝卜，慢慢将整条萝卜刨成丝，然后再落镬慢慢将萝卜丝从白色炒至透明，中途加一点片糖，再调味、再蒸，然后再煎，终于大功告成。将煮法说得仔细，是要给朋友证明我真的"入得厨房"。

　　下一个我要钻研的食物，是"5小辣"的麻辣米线，这碗连日本乌冬集团都青睐的云南米线，在伦敦实在吃不到。到我成功之时，我就会写本《留学生思乡食谱》，专门煮香港独有的味道，造福留学生。

廖家牛肉面

台湾人爱吃牛肉面，通街通巷都开满牛肉面店，每家都有特色，有的靠牛肉出名、有的靠汤头留住客人。而芸芸牛肉面店，九成都是家族经营的小店，一家老少都在店里帮忙，大叔煮面大妈切菜，两个年轻人就负责收钱执台。四个人时不时都在店中吵骂起来，大妈大叔闹来闹去，年轻的就永远一张臭脸，一个家就是这样经营出来。

这样的牛肉面店一代传一代，都有家传秘方，做出来的牛肉面也有灵魂。用日本的讲法，这碗叫作职人牛肉面。小店不像连锁店，每间都有性格，牛肉面店就只卖牛肉面，你不吃牛肉的话就不要进来了。"我是卖牛肉面的，所以我只做牛肉面。"这些老师傅应该都是小津安二郎的粉丝。

小店的性格其实就是经营者的性格，两者都一致。台湾的很多食店，一天只开门卖面几个小时，午餐晚餐中间还会落闸下场休息一下，六点开门之后夜晚八点就准时打烊，这是台湾人的生活态度。一间在辅仁大学附近的面店叫"劲牛肉面"，有名的是番茄汤底。老板开店这么多年都有一个传统，就是一年里面有六个月都关上门，有人说老板有钱不在乎，也有人说老板身体不好要休养。

　　这样的经营模式一早就从香港绝迹，当然又是那个你和我都饱受其害的土地问题。要开店就要找地方租铺交租。天价租金之下，一分一毫都要算尽，所以什么时间开门、什么时间关门，都是经过统计精算而决定，开迟半分钟会做少两张单，关迟半分钟会浪费了人工和水电。这是香港人的生活态度。

　　今天这样的香港故事，讲多一点都觉得泄气，难得人在台湾，我还是讲台湾的故事。之前在中原街，随意闯入一间牛肉面店，进去之后老板就很多说话，没有停过地说：汤底都是熬炖出来、原汁原味，所以不可擅自加上辣酱辣椒油，这会糟蹋他辛苦熬出来的汤头；酸菜也不可加入汤内；吃牛肉要连蒜头一起吃，台上有一大碗生蒜头，一口蒜一口牛肉，这才是正确食法。台湾大叔都是这个样子，水准书局的老板是这样，这个牛肉面大叔也一样。不过也难怪他这么多规矩，因为他的牛肉面也着实好吃。

吃饱之后打算在 Google Map 将面店记低[1]，方便再去。一看就发现有两家同名的牛肉面店，而且另一家店就在我家附近的金华街。过了几天就去金华街的店试一下，奇怪的是除了面质之外，其他都一样。回家 Google 一下，发现了一个可以是电视剧本的故事背景：原来店面较旧的中原街店反而是新开，是口水大叔跟一个比较年轻的越南女子另起炉灶的，而金华街的店，则由口水大叔原来的夫人和儿子一直经营。

这两家牛肉面店的招牌字体都一样，白底红字，写着"廖家牛肉面"。

1　编注：意即记下。

III

生活的干涩和快乐

人一旦爱，遂极脆弱

　　在飞去伦敦的飞机上，一口气看完五出电影。五出戏当中，三出都是今年奥斯卡的热片，分别是《广告牌杀人事件》（*Three Billboards Outside Ebbing, Missouri*）、《忘形水》（*The Shape of Water*）和《以你的名字呼唤我》（*Call Me by Your Name*）。《忘形水》赢了不少奖项，但这片不是我杯茶，或者应该说，因为片里说的故事其实简单，跟同样是去年上映、由妙丽[1]主演的《美女与野兽》无分别，都是人兽相恋的爱情，只是有着三级片和一级片的分别：一出有人兽交的性爱镜头，另一出则只有不断跳舞大唱 *Beauty and the Beast*

1　编注：《哈利·波特》中人物赫敏·格兰杰（Hermione Granger），港译妙丽·格兰杰。

和 *Be Our Guest*。

　　爱情很简单，就算没有语言没有沟通，只要一颗鸡蛋一些音乐，就算是人和怪兽（也可能是神，总之那只核核突突的生物就不是人）也可以相爱；爱情也很复杂，因为爱情通常都不只是两个人（或兽）的事情，就算双方如何理解，也总得面对他人的眼光。但无论如何，不管是男女也好、男男女女甚至是人兽也好，只要相爱就是爱情。只是《忘形水》所写的爱情都太过浅白太过童话，搞了一大轮，人兽一起跌进海底，无论最后或生或死，或一起成为河仙水妖，电影所刻画的爱情都只是 Both a little scared / Neither one prepared / Beauty and the Beast[1] 的童话故事。

　　相比之下，《以你的名字呼唤我》所说的爱情是入心入肺。小男孩与大男孩的相爱，明明是如此清晰如此可见，但因为年龄的差异、因为性别的相同、因为背景的不一样，两个人都用尽各种方法去说服自己：对方没有像自己一样爱着对方。暧昧之后，最后意大利小男孩比美国大男孩来得主动，在那条意大利北部的小村庄经历了一场有血（鼻血）有汗的

1　编注：《美女与野兽》主题曲歌词。

激情和爱情。当美国大男孩在暑假之后要回到美国，二人从此分别。

全出电影最老套最说教但也最精彩的一幕（这是"老海鲜"欧巴桑的价值），就是在二人分别之后，教授（意大利男孩的父亲）跟儿子的对话，他说他年轻的时候也差点经历了同样的爱情，但最后什么都没有发生。他说，一般的父母都想子女尽快忘记伤痛、重新出发，但因为他是过来人，所以他不是这样的父母。

在沙发上，他点了烟，跟儿子说："在生命之中，总会在我们最出其不意的时候，用各种方法触碰我们最脆弱的地方。……如果觉得伤痛，那就好好照顾自己；如果心里还有爱火，不要吹熄这团火。"教授说："我们习惯了强逼自己将伤痛愈合，为了令到自己变得麻木、变得没有感觉，而不再去用心感觉一切东西，What a Waste！"我们向往童话，但现实之中的爱情不是童话，只有会痛会流眼泪的爱。

看完戏，坐在机舱发呆，想起大学时跟着周保松教授，逐句逐句读罗尔斯（John Rawls）的《正义论》，读到这样的一句："人一旦爱，遂极脆弱。"（Once we love we are vulnerable.）脆弱没有什么可怕，爱情和人生，本该如此。

梦碎与幻灭

　　都怪以前的电视剧拍得好看，看了《冲上云霄》还有日剧《梦想飞行 Good Luck》之后，见到木村拓哉可以有型如此，怎会不想成为飞机师？

　　还记得十岁八岁的时候，坐日航的飞机，飞机上摆了一些明信片可以任拿任取，其中一张是驾驶舱的全景，舱内照着橙黄色的灯光，脚踏仪器表控制杆全部一目了然。全神贯注望着手上的明信片，闭起双眼发现自己已经坐在驾驶舱之内，手握着控制杆，在狂风暴雨之中看到跑道上的灯号。这是未有 VR 的年代，只有自制的"IVR"——imaginative virtual reality，闭上眼就可以进入虚拟的世界。

　　那时候还是小学生，一口气读了几本国泰航空机师所写的《翘首振翅》。三岁定八十，找到有兴趣的事就从书本找答案，或多或少显露了读书人的命运，而实际上也只可以是读书人，飞机师的梦想早就因为长大而梦碎幻灭。愈大愈怕坐飞机，一来我身高手长要坐在经济舱内，就像那些性感女郎给魔术师收进小小的方盒中一样，动弹不得。二来几年前开始，不知哪条神经线出现问题，每次降落压力骤变的时候，额头附近一带脸部神经会剧痛，唯有每次降落前三十分钟吃颗止痛药才能止痛。如此的身体反应，注定无缘成为香港木村，这是航空界的损失。

听过很多人都怕坐飞机，于是每个怕坐飞机的人都有不同的习惯习俗，马家辉大哥说他会读《心经》也会诵经文，我就会戴耳机戴眼罩帽子将自己与一切外界隔除，这个时候消噪耳机就显得非常重要。记得几年前在一间音响专门店试耳机，他们有个为了推销消噪耳机而设的装置，首先教你戴上耳机，然后把消噪功能开启之后音乐就会播放。播到中途，那个系统会叫你除低耳机，然后你发现刚才听音乐的同时，背景一直播放大声的噪音。推销员说，这些噪音是根据飞机舱内噪音的分贝模拟出来，戴上耳机，就可以把噪音隔走。这是我接触过一个最好的 marketing 方法。

我搭飞机，特别是长途，还有一件必做的事，就是出发之前将所有飞机餐改成水果餐。因为我总觉得瑟缩在那个狭窄的空间，连带肠胃也给挤压到不能运作，吃了那些难吃的飞机餐也会永远消化不掉，非常反胃。所以除了水果以外也不应进食。不过要记住，想改吃水果就必须在出发之前更改。

最近飞回伦敦，选了早上出发的长途机，十三个小时全无睡意，唯有看电影。在飞机看电影虽然可以消磨时间，但空间太小荧幕太近，看一会儿已经头晕眼花，通常一出起两出止我就投降睡觉。但刚刚那程飞机实在睡不着，破纪录一口气看了五套电影，以为自己做了什么电影节评审。而最最可怕的是看完五部电影之后，还有三个小时才到伦敦，坐飞机就如坐牢一样。机师？ No way.

邓寇克

　　刚刚读赵越胜的新书《精神漫游》（牛津大学出版社），
开篇第一章是他读小说《白轮船》的札记。赵引了小说的内容，
写一个七岁小孩的自杀："走到河边，迈步跨进水里……到了
水深流急的地方，他被冲倒了。他在激流中挣扎着，顺水流去，
逐渐闭住了气，冻僵了。"赵越胜说，小孩"实践了要靠最高
意志力支撑的行为"，那个画面一直停留在我脑海中。

　　隔了一天，到戏院看路兰（Christopher Nolan）的新戏
《邓寇克大行动》（*Dunkirk*）[1]。戏里面的一幕，一个士兵独自
走到岸边，解开装备，走入风高浪急的大海，选择让海浪结

1　编注：路兰又译作诺兰，《邓寇克大行动》又译作《敦刻尔克》。

束自己的生命。《邓寇克大行动》故事简单，对白不多，但却沉重，因为电影描写战场的"日常"，亦即生死。而路兰选择了邓寇克这战场。

片里面最多的画面，是一群盟军士兵排队上船，从邓寇克撤退。等候期间听到远处的战机声音，隔一会才看到飞机踪影；然后抬头见到机翼上的纳粹标志，全部士兵立即双手抱头蹲低，闭上眼、咬着唇，吸一口可能是生命中最后的一口气。轰隆一声，敌军战机投下的炸弹就是死神。耳边还有爆炸的余响，睁开眼就发现死神带走了几秒前还站在附近的几个战友。只要白天、只要天气许可，战机都会不断来回飞过、投下炸弹。当失去求生的意志、抵受不住爆炸的声音，汹涌的大浪就会向你招手。

《邓寇克大行动》讲述的是二战初期的一场重要战役——邓寇克战役（Battle of Dunkirk）。欧战从 1939 年 9 月德国攻打波兰揭开序幕，1940 年 5 月，德国攻打欧洲大陆势如破竹，很快就取下比利时、荷兰等国家，并且攻破法国的马奇诺防线，再前进就到达分隔英、法的英吉利海峡。盟军不断退守，一直退到法国沿岸的港口城市邓寇克。面对德军空、陆两路从三面包围，盟军在 5 月 26 日启动代号"发电机行动"的撤退计划。历时九日的撤退行动，将三十四万盟军从法国的邓寇克撤退到一岸之隔的英国。

谈到邓寇克战役，通常的结论都形容这是一次成功的战略行动。在德军包围的情况下，短时间奇迹地将三十多万人撤走，保留了军力，为日后战胜轴心国、结束二战奠下基础。然而，当不断强调这次撤退怎样成功、营救了几多人的时候，仿佛将生命都换算简化为数字。无论最后存活也好，抑或阵亡，每一个人都在那个不幸的时代经历过生死。看完《邓寇克大行动》之后，看到三条故事线的几个角色在邓寇克挣扎求存，在战火之下，生命不是数字，生命是有血有肉的最珍贵。

戏里面的邓寇克虽然同样受到轰炸，但跟实际上的惨况仍然相差很远。1941 年出版的回忆录里，有士兵说在海滩上的尸体根本无人清理，在天气热的一两天，血腥和腐烂尸体的气味令到海滩比屠房更臭。

香港人喜欢路兰，因为《邓寇克大行动》再次兴起"二战热"，并且少有地将重点放在欧洲战线。不过路兰导演将故事简单化，邓寇克战役的很多重点都没有交待很多。盟军在邓寇克的撤退实在是奇迹，主要奇在两个地方。

第一，德国明明气势如虹，偏偏去到邓寇克的十英里外给希特拉叫停，没有乘胜击溃盟军。虽然没有明确说法，但一般评论都认为有几个可能：一是德军行军太快，补给物资跟前线距离太远，要停下来重整队形。也有一说是德国空军认为单靠战机轰炸都可以歼灭盟军，不过事与愿违，加上天气变差，令到德国空军有几天没办法出动。还有一个说法，是希特拉不想赶尽杀绝，好将来迫使英国议和。

盟军能够从邓寇克撤退，一方面由于德军久攻不下，另一方面也要自己克服困难，将几十万士兵送回英国。所以第二个奇迹，是英军如何在水浅浪急的邓寇克将士兵快速运走。英国军舰洗水太深，根本不能靠岸驶近，要离开就只能靠小船做接驳，或直接由小船驶回英国。所以在撤退行动中，英国就呼吁英国船民驾船前往邓寇克协助营救，前后动用了近千艘船只。因此在戏中，才会有第二条、关于小船前往邓寇克的故事线。

如果你以为在戏里面的那条小船已经算小、在战舰旁边显得太过单薄太过危险的话，在历史中参与邓寇克营救行动的最小一条船，比戏里那条船还要小得多，只有十五尺长，连引擎也没有，真的只能够"扬扬帆昂昂然尽办法搜索下去"。这条名为 Tamzine 的小船，现在就放在位于伦敦格林威治的帝国战争博物馆（Imperial War Museum）里面展览。

《邓寇克大行动》是爱国电影，平民百姓将小船驶往战场，士兵见到无数的小船来到，个个感动得热泪盈眶，这情景无论在电影抑或当年历史，都非常合理。国难当前，匹夫有责，如果我有船也会出海前往邓寇克。不过，大海风高浪急，头顶战机不断飞过，逐渐驶近战场时，开始听到轰炸的声音、闻到硝烟的味道，不少船只都想打道回府。海军中将蓝斯（Vice Admiral Bertram Ramsay）唯有下令一艘扫雷艇的船长，每见到一艘小船空船而回，都要将该船船员拘捕。

除了动员全国小船之外，另外一个常常受到忽略的细节，是在邓寇克奋力抵抗德军的后卫部队（rearguard）。作家 Hugh Sebag-Montefiore[1] 在 *DunKirk : Fight To The Last Man* 一书中，就是要谈这批军人如何战斗到底，挡住德军的地面进攻。

撤回英国之后，就像电影里面一样，很多火车已经在港口预备，将士兵运回英国其他城市。不过在三十多万撤退的盟军中，英军占二十万人，余下的十四万人主要为法国军人（约十二万）。这些法国士兵在万苦千辛之后来到英国，但实

1　读者可能听过他弟弟 Simon Sebag-Montefiore 的大名，著有之前大卖的《耶路撒冷三千年》。

际上很快又被送返法国。除了大约两千个受伤士兵，其余都在抵达英国 48 小时之内，送到修咸顿（Southampton）或普利茅斯（Plymouth）港口，转船回到法国继续战斗。而在 6 月 22 日，法国宣布投降。

撤退虽然成功，但同时为了撤退，盟军将大量物资兵器都舍弃，特别是重型武器。就连德国士兵见到盟军留下的物资（像电单车、枪炮等等）堆在一起时，都说是不能形容（indescribable）的壮观。而一边撤退、一边将物资销毁的英军士兵就说，当他要将车的轮胎烧毁、将食水排走的时候，感到非常悲痛，因为他一直以来都好好保管这些物资，现在成为废物。

1940 年 6 月 4 日，撤退任务完成，英国士气开始回复，丘吉尔在下议院发表著名演说"战争不是靠撤退来取胜的"，他说：无论战场是法国、是海上、是沙滩都好，英国都会战斗到底。而同一日，德国的名牌乐团柏林爱乐乐团在德国城市波茨坦（Potsdam）演出，演奏贝多芬的《第六交响曲》"田园"，指挥是福特万格勒。福老早在 1934 年就辞去总监一职，因为他不满纳粹德国的文化政策，也对希特拉不满。而在《邓寇克大行动》上映之后，报纸上网络上写评论的人，几乎个个都提到配乐的 Hans Zimmer，说他令电影升华。音乐不只对电影重要，在二战时期也同样举足轻重。

二战跟一战的不同，在于打仗期间，不论是盟军抑或德国，管弦乐团仍然如常运作，而且担当重要角色。柏林爱乐在二战期间，经常到德国占领（或即将占领）的地方演出，安抚当地人民。在 1940 年 9 月，他们就去了法国、荷兰和比利时演出。由戈培尔（Joseph Goebbels）率领的纳粹宣传机器，在二战期间不断运作，希望在杀戮流血的战场以外，开拓新的战线，乐团是其中一个重要棋子。

不过，在占领法国之后，乐团就禁止演奏法国作曲家的作品。而有趣的是，法国作曲家比才（Georges Bizet）的《卡门》因为太过流行而获得豁免。除了外出宣传纳粹德国的优越，乐团也跟纳粹德国的第三帝国广播公司（Reichs-Rundfunk-Gesellschaft）签约，令到德国民众可以轻易听到柏林爱乐乐团的演奏，振奋国民士气。

1942 年，福特万格勒在希特拉的生日庆典上演奏贝多芬《第九交响曲》（尽管福特万格勒未必真心庆祝）。看完沉重的《邓寇克大行动》之后，听一下当年的《快乐颂》，就像登上了时光机，回到枪临弹雨的炮火之中。

第一步

　　赢了香港电影金像奖最佳两岸华语片的《大佛普拉斯》，刚刚出了 DVD，看过这出片的人可能都会忍不住买回来，再看一次。未看过的人更要买来看，因为这片非看不可。好的电影就是这样，不在于制作成本的多少，而是会否令观众在看戏之后觉得若有所思、觉得"有点什么"萦绕不散，《大佛普拉斯》就是这样的一出片。

　　好的电影就是好的艺术，而好的艺术总会担当起思考人文、关心社会的责任。

　　早阵子看台湾大学教授花亦芬的新书《像海洋一样思考》（先觉出版）[1]，其中一章谈到艺术，比较著名导演里芬斯

1　花教授专研欧洲、特别是德国历史，上一本《在历史的伤口上重生》写德国在二战后所经历的转型正义，同样精彩。

坦（Leni Riefenstahl）和摄影大师桑德（August Sander）的成就。里芬斯坦拍过（剪辑）电影史上最重要的其中一部电影——《奥林匹亚》(*Olympia*)，记录了 1936 年的柏林奥运会；而桑德拍摄过一辑经典的照片——《二十世纪的人》(*People of the Twentieth Century*)，照片记载的都是社会各个阶层的人，现收在纽约现代美术馆（MoMA）。

里芬斯坦和桑德都是摄影界的大师，但比较之下，里芬斯坦的作品永远都在歌功颂德、宣传"力与美"的表现（即使她不是纳粹党人，却为纳粹党服务），镜头只会向"美、好、强、大"自动对焦；但桑德的镜头，却总是捕捉着社会的一切，特别是关注主流论述所忽略的底层。苏珊·桑塔格（Susan Sontag）说他的摄影机是"为历史进行记录"（书里有桑德的作品，相里面的人的表情、眼神会令你觉得"有点什么"）。

《大佛普拉斯》是一出以"低端人口"视角所拍摄的影片，导演将我们放进一个社会低下阶层的人的眼睛之中，在一百分钟里面走一趟我们没有经历过的旅程，看看我们没有想象过的社会究竟是怎样。如果这出电影是我们走入社会底层的眼睛，那么影片里面的行车记录仪就是两位主角——肚财和菜埔——去观赏我们世界的眼睛了。他们原来是如此跟我们的"现实"脱节，而我们原来又如此不了解他们的生活。最后，这电影是一面镜子，照出我们平时没有见到的社会和自己。好的电影跟好的照片一样，就是将社会上每个角落都记录下来。

然后呢？下一步应该怎样？每个人都应该尝试思考如何改变社会，但就在思考下一步之前，直面问题，直面一些社会上我们不愿意相信、更不愿意看到的阴暗，是必须的第一步。因为，知道社会有低下阶层和知道低下阶层的生活是如何，是彻头彻尾的两回事。通过电影、通过艺术可以了解得到，但其实只要走入社会也一样可以看见。在劏房生活的人、在麦当劳里面的"麦难民"，社会的差异其实充斥着每个角落。我们真正见到吗？那些有钱有权有势的人又有真正见到吗？

电视节目有好多种

我和在东京工作的 K 一样，这两年来都生活在外，习惯了异乡生活，没有大牌档，没有麻辣米线，也没有电视看了。

英国和日本都一样，电视不是免费品，就算是看国营的 BBC 或 NHK 都要付费（TV licence），一年一千多港元。在村上春树小说《1Q84》中，男主角天吾的父亲就是 NHK 的收费员，要逐家逐户拍门，看看哪户人家未交电视费。我问 K 有没有遇过天吾的父亲（收费员），他说他好运，到现在还未遇过。我和 K 都奉行紧缩政策，而且根本没有时间，看电视这么奢侈的活动（金钱上和时间上）还是可免则免。

不过 K 说，现在无论家中有没有电视，只要"不幸"有收费员走上门拍门，就要乖乖交电视费。因为这个年代有智能手机就等于有电视，一样可以接收电视信号。日本的法例是，不管你有没有实际收看NHK，只要有接收得到信号的设备，就必须付费，否则就违反"放送法"了。英国人比日本人开明，说明只要你没有收看（无论是电视抑或网上）BBC的内容，就不必收费。

搬了家之后，虽然面积小了、车声多了，但多了一台电视机，而且租金包了电视费用。早两天夜晚打开电视，播着英国电视"第四台"（Channel 4是英国第四个免费电视台），节目名叫 *Naked Attraction*。去外国生活就是要增广见闻开眼界，就是坐在家中看电视也一样可以开眼界。

香港政府都有说："电视节目有好多种，但真的不是每个节目都适合小朋友收看"。*Naked Attraction* 是个交友相睇节目，不过最惊天地泣鬼神的地方，在于节目的金句：We like to start where a good date ends……naked.[1] 每个参加"求偶"的人（有男有女也有跨性别，有异性恋有同性恋也有双性恋），可以从六个对象中选择一个去约会，这六个人首先要裸体站在不透明的围板内，然后围板升起至肚脐的高度。参

1　编注：大意为"我们从一场好约会的结束处开始……裸露"。

加者（求偶者）要根据六个人肚脐以下（包括没有打格仔[1]的生殖器）的外观，剔除一个不喜欢的参加者。然后围板再升高，裸露至颈部以下，余此类推、不断筛走参加者，最后选出真命天子（女），来一场穿上衣服的约会（an unstripped dating）。

赤身露体、肉帛相见，理论上是一段关系的里程碑之一。节目反其道而行，说要破除所有将人定义的事物，节目劈头第一句就是问：What would happen if we were stripped of all the things that usually define us？[2]这是荒谬至极的电视节目，将裸露的身体器官不断放大特写比较，这不只是鼓吹以貌取人，而且是以生殖器取人，是赤裸裸的色情。

社会不应封闭，但开放也不等于淫荡。这个节目放在黄金时段的大型电视台播放，而且已经是第二季了，情何以堪？我喜欢有篇评论这样说：Oh, and one last thing: it's very difficult to watch it and eat at the same time, which I resent.[3]可怜的我在看此节目的时候，刚刚开始晚餐……

1　编注：即马赛克。

2　编注：大意为"如果把所有通常定义我们的东西都剥掉会发生什么"。

3　编注：大意为"哦，还有最后一件事：一边看节目一边吃饭是很困难的，我很讨厌这样"。

把荒谬留给电视剧

考试季节，无论学校门外、走廊通道，每个角落都有学生坐在地上，个个拿着笔记死背硬背，就算明知短暂记忆靠不住，都没办法，这是开考之前最后关头的指定动作，只求心安，不求成效。

所以也有一部分学生，用另外的方法去令自己镇定，就是走到学校门外，细心用卷烟纸将烟丝卷好，然后点火，抽一支"试前烟"。英国学校不像香港，只要走到室外就可以抽烟抽到天昏地暗，所以在学校大门，如果不是定时清理，烟头可以堆成山头。以前在中大，有些抽烟的同学非常可怜，为了一支烟，要走到天台后门后楼梯，仿佛在做亏心事。记得听过前中大校长金耀基开玩笑说，现在整个中大山头都禁烟，所以都不回中大了。

一句 pens down 之后，学生们兴奋欢呼，开始讨论要如何庆祝如何狂欢。有个学生直接从背包拿出一支威士忌：喝酒去吧！这是英国学生考完试之后必须要做的仪式，没有喝醉就等于没有考完试。然后呢？然后要回家了，因为要看电视剧，因为《纸牌屋》(*House of Cards*) 第五季刚刚推出。

五年了，奇云·史派西 (Kevin Spacey) 终于都经过选举选上总统，不过过程当然曲折，到了第五季的第八集才选上总统 (这是剧透，但我想没有人会以为他会输掉选举吧)。[1]剧情里面，民主党和共和党两边的候选人，都透过恐袭，试图制造恐惧来干扰选举 (也确实影响了结果)。选举与恐袭拉上关系，这种荒谬的剧情，以为只会在电视剧中出现，但即将举行大选的英国，连月来受到恐怖袭击，《纸牌屋》剧情似乎应验在现实之中，至少，为现实世界的政治提供了一个非常阴谋论的解释。

还未够三个月就发生三次恐袭，就算这里的人如何说

1　当然也没有人会想到奇云叔会爆出性侵丑闻，直接缘尽第六季的《纸牌屋》。纸牌屋这个翻译也译得独到，什么权力什么政治都只是如纸牌一样不稳不固，一切都如露如电，如梦幻也如泡影，今天可以是总统，明天可以什么都不是。

生活如常、不能恐惧，当走到泰晤士河附近，见到河边两旁大厦顶楼的国旗，又下了半旗致哀，你不能不难过、不能不担心。文翠珊在四月宣布提前大选的时候还胜券在握，现在希望在议会取得绝对大多数的如意算盘打不响了。是因为竞选工作差劲？是郝尔彬的工党留前斗后？还是恐袭影响了选举结果？

要为选举结果做总结谈何容易，但观察英国大选本身也有趣。我的论文"师父"是英国人，专门研究选举。他常常都说英国的选举是非常沉闷，什么气氛都没有，几乎完全感觉不到几日之后会举行全国最重要的选举。我住在伦敦东边，选区是韦斯咸（West Ham）[1]，至今仅仅收过三张选举宣传单张，从来没有见过候选人的身影。投票日是星期四，也是上班日，我早上和下午前后两次经过票站，都见不到有半个选民投票。

英国选举，it is simply too boring.

---

1 编注：又译作西汉姆。

文化沙龙

　　朋友在德国念博士，有自己的办公室，羡慕死我了。在伦敦大学亚非学院的博士生不是特权阶级，除了每年比本科生多 250 页的免费黑白影印、可以在图书馆多借几本书之外，几乎没有其他福利。当然我们也有工作的地方，就在罗素广场校园附近的哥顿广场（Gordon Square），有一幢三层高的博士生大楼。但里面只像自修室，工作间先到先得。我通常都走到地牢，选最前一排左边靠窗的位置。

　　博士生大楼的地址是哥顿广场 53 号，以前每天从大楼回家走到地铁站，总会经过门牌 46 号的大门。以往写过的 Bloomsbury Group（林行止说是百花里族人），由当年伦敦重要的文化人组成，因他们的活动范围都在百花里一带而得名。而他们实际聚集、生活的地方，其中一个重要地点就是哥顿广场的 46 号。作家吴尔芙、经济学家凯恩斯都先后住过这里，现在门牌之外，钉上了凯恩斯的蓝牌，说明他曾经住在这里（之前经过，见到蓝牌变成彩虹色，在凯恩斯名字下面写着 Love Lived Here，因为凯恩斯是有名的双性恋者，受到现在大爱运动的歌颂）。

哥顿广场 46 号的大门后面，现在成为了伦敦大学伯贝克学院文学院的地方。这个地方的重要，不只是几个百花里族人曾经在这里住过，而是这群文化精英曾经以这里为主场，在每个星期四的夜晚举行文化沙龙。

其中一个成员、画家邓肯·格兰特（Duncan Grant）回忆说："从晚上十点开始，一直到午夜十二点前，都会有人加入。吃蛋糕、喝威士忌，大家都会不断地交谈。"他说，Thursday evenings 就是"Conversation; that is all."在大门之后，仿佛一切社会禁忌都隔绝开去，没有什么不可以谈。德国哲学家哈巴马斯（Jürgen Habermas）说的公共领域（public sphere）、讨论批评着文化与艺术的中心，就是这样。

早阵子我还在欧洲的时候，在伦敦、在苏黎世都有朋友先后跟我说，香港也有这样的聚会，名为"酒精沙龙"，嘱我回香港的话一定要参加。两个 Sampson(s) ——黄宇轩和袁玮熙——都是搞手[1]，都是研究香港的年轻学者。刚刚办了第十五次的沙龙，地点就在深水埗大南街 186 号的"合社"。就像那时候的 Thursday evenings 一样，九点开始之后一直到十二点前都有人加入。

每次沙龙都会选个题目一起讨论。或者是因为情人节近了，那一晚从讨论粤语歌词引伸至讨论爱情。什么是爱、何谓真挚的爱情、爱情是否随着年代而转变、"纯爱"又是什么一回事，再一次证明，手握着酒杯好像真的可以帮助思考。一杯又一杯红酒下肚之后，想起了"其实伤心都不过为爱"，又想起了"因世上的至爱 / 是不计较条件"。

什么是真挚爱情好像抽象，但两者本身就不能分割，因为世间本来就没有不真挚的爱。酒精沙龙如此讨论了爱，不知道当年吴尔芙凯恩斯等等对爱又有什么结论呢。

---

1 编注：即组织人。

小王子

之前看 Netflix 剧集《王冠》(*The Crown*)，追完两季，发现了一条方程式，几乎每集都一样：就是英女王想做一个决定，但这"决定"往往因为有违传统、有违女王的身份、更有违英国民众对王室的期望，就在所有有形或无形的阻力之下，英女王往往都只能放弃初衷，甚至需要做出违心的决定。

所以，做女王一点也不爽，每下一个决定都是如此无奈如此违心，而且更可悲的是一做就做了六十多年，看来还是英国国歌写得好，只有上帝才可以拯救女王 (God Save the Queen)。不过英女王再不爽也不是白白牺牲，这么多年来的辛辛苦苦，至少为儿子查理斯王子免去王冠的重担。因为她深深知道，英国王室的重量对这个脸长长、耳大大的王子来说，实在太过沉重，唯有自己长命百岁，才能保护她心中的小王子查理斯。

在《王冠》第二季的其中一集，讲英女王的老公菲腊亲王[1]执意将查理斯王子送到自己在苏格兰东北部的母校Gordonstoun School 读书，希望内向懦弱的小查理斯可以培养一点男子气概。查理斯长大之后，实际上"man"了多少无从得知，只知道他形容在 Gordonstoun School 的时间是坐牢一样（a prison sentence），这间学校是一所"穿了格仔裙的集中营"（Colditz with kilts，Colditz 是二战时在德国的一所战俘营）。

不过，查理斯王子没有因为在苏格兰"坐过牢"而讨厌苏格兰，因为苏格兰有威士忌，或应该更准确地说：苏格兰有艾雷岛，而艾雷岛上有他最爱的酒厂 Laphroaig（拉弗格）。讨厌高地而喜欢艾雷岛是有原因的，苏格兰高地面积很大，由一个景点（或城堡或酒厂）去另一个景点都总要花一两个钟头车程才去得到，沿路通常只有一片荒芜。相比之下，面积小小的艾雷岛实在吸引得多。

1　编注：又译作菲利普亲王。

查理斯王子爱喝 Laphroaig 爱到什么程度呢？你看看 Laphroaig 酒标上有代表威尔斯王子的"三羽徽章"（Prince of Wales's feathers）就知道了。这酒厂是苏格兰唯一一间得到皇家认证（Royal Warrant of Appointment）的酒厂。

有关查理斯和艾雷岛还有一个小故事。1994 年 6 月，查理斯从鸭巴甸（Aberdeen）[1] 出发坐飞机到艾雷岛，差不多到达的时候，查理斯一时技痒，希望可以自己驾驶飞机降落在艾雷岛上，所以就跟机上坐在左边的机师换位、负责降落。但艾雷岛的机场跑道很短，而且岛上风大，降落绝非易事。当日就因为顺风（tailwind）太大，根本不适宜降落，但查理斯坚持降落，最后飞机失事，冲出跑道之余还撞破机头，幸好全机十一人都平安无事。

而有趣的是，事后国防部的报告指出，今次意外的责任，在于机上坐右边的机长及领航员没有充分报告空中状况，没有给负责降落的机师提供充分的资讯，酿成今次意外。至于负责降落的那一位，亦即将飞机撞烂兼冲出跑道的那一位，当然没有任何责任。

---

1 编注：又译作亚伯丁。

北上苏格兰

　　上星期家人来了伦敦。农历新年一家四口离开香港出外旅行,这幸福的习惯,随着我和姐姐长大毕业之后开始变得奢侈,幸运的是姐姐工作之后,至今仍然每年请到假,可以一家齐齐整整出外走一走。最近两年因为我读书的关系,旅行的地方都是英国,看来还有几年要在伦敦团聚。

　　家人一来,伦敦就变暖,我笑他们是太阳神,就连往北走去苏格兰爱丁堡也丝毫不冷。他们甫回港,气温立即降回摄氏一度,而且下着雨,又湿又冷又阴天的伦敦最讨厌。今年的伦敦比去年冷得多,雪也下过好几遍了,虽未至将街头漂白,不过雪像棉花一样飘下来,温柔地落在头发、眼镜上面。走在街上无论是散步抑或赶路,都觉得浪漫。或许太冷，一群胀卜卜的小雀像灯泡一样，圆碌碌地站在树枝上，不断吱吱喳喳，肯定是投诉树上没有树叶帮忙挡风冷得要命。

每次爸妈过来，总将可以带来的东西都带过来，像腊肠像冬菇、像虾米像蛋卷等等，如果飞机像以前一样可以携液体上机，我会请他们帮忙外卖一碗小辣的麻辣米线空运过来。当然最重要还是带些新书，像村上春树新出版的《你说，寮国到底有什么？》。

除寮国[1]之外，还有村上先生写在冰岛芬兰美国等等的游记。村上春树的游记很好看（有哪一本书是不好看呢？），像很久以前的《如果我们的语言是威士忌》，写苏格兰的小岛艾雷岛（Isle of Islay）。所有人，无论本身是否爱喝威士忌，读完都想喝一杯烟熏味浓的雅柏（Ardbeg）10 年（雅柏是我和村上先生最爱的酒厂）。关于艾雷岛，这个只有三千多人居住的小岛，无论是岛上的人、羊，抑或威士忌，都有足够写成一本书的故事。

这次家人来英国，没去艾雷岛，不过也去了爱丁堡一趟。数一数，这是我来英国之后第五次北上苏格兰了，之前

1　编注：即老挝。

几次都是为了去艾雷岛或高地（Highland），总是先到格拉斯哥然后转车转船转飞机。人在伦敦，去苏格兰是方便容易的。相比起飞机，我更喜欢乘火车上苏格兰，穿过高云地利（Coventry）、伯明翰和湖区等等，五个小时左右的路程，很快就过。我怕搭飞机，由出门到机场到上机，然后落机又要从机场返回市区，加起来往往比火车还要费时。搭飞机这回事，还是可免则免。

苏格兰是个有趣的地方，不要以为愈近北边食物会愈不靠谱，苏格兰的餐厅通常都很不错，无论在爱丁堡抑或艾雷岛。像今次去爱丁堡就找到一间很有性格的韩国餐厅 Kim's Mini Meals，面积很小，只有七八张台，每天开门三小时（我没写错，是一百八十分钟的三小时），是米芝莲（Michelin）推荐的餐厅之一。去爱丁堡的话都一定要食。

在苏格兰旅游，只有两个问题，第一是充满口音的英语可能有点难懂；第二是他们通常在付钱找续的时候，找回苏格兰银行的钞票，这些钞票当然（还）也是英镑（苏格兰还未独立！），但在英格兰就不流通，店铺通常拒收。游完苏格兰还剩这些钞票，最佳的处理方法，就是再去苏格兰，下次再用。

旅行团之死

　　到英国读书之后，都几年没有在香港过农历新年，今年要到台湾做田野研究，所以顺便回香港过年。从年三十晚吃团年饭到年初一一大早去外祖母家拜年，父执辈吃饭之后打麻将，一直打到吃晚饭，这么多年都一样。仿佛过去一年过得如何，只要年末年头都跟亲人朋友聚在一起，又是新的一年，重新开始。

　　我也实在幸福，每年新年一家四口总会出外旅行，或远或近都好也会出门。之前几年家人都来英国探我，不必费煞思量想要到哪里旅游，也不必参加什么旅行团，买张机票到英国，我就是领队导游。

　　我都不知自己是孝或不孝，为什么这样说？父母喜欢跟旅行团出发，一直以来就算如何讨厌旅行团的愚蠢安排、那些领队导游如何不堪如何缺乏质素，我也从来没异议，旅行团就旅行团吧，因为实在不想花时间心力去安排行程。总之像猪一样，你叫我上车就上车、吃饭就吃饭，行程安排如何也好，责任也不在我。愈长大就愈觉得跟旅行团旅游是一种浪费。

这个年头还有什么人会选择跟旅行团出外旅游呢？我可以预言，旅行团很快就会消亡。旅行团的可取之处不外乎几样：有人照顾一切所以方便、有个领队可以做点讲解。因为科技进步，订酒店订机票安排行程，只要安坐家中，花点时间就可以在网上安排所有了。那么领队导游就成为旅行社的最后一根稻草，同时也是将旅行团压垮的最后一根稻草。

一个称职的领队导游（很多长线团都一人饰演两角），至少要对旅行的地方有点认识，可以讲解一些一般人都不知道的当地资料。就像一个巴士司机驾驶一条巴士线的时候，你总会期望他对所驾驶的路线是熟悉的，而非只是"搭过一次"，甚或连路线也弄不清楚。如果这些基本的东西都做不到，这是不专业。

参加旅行团，当然不能期望可以像参加了马国明老板几年前写的《欧洲12国16天游》里面的旅行团一样，一次旅行可以有这么深入的历史、思想讨论，但至少，你会期望那个领队导游可以做点不一般的讲解。举个例，去到西班牙皇家马德里的足球场，至少应该跟团友说说那个球场叫"斑拿贝球场"，再说一点独裁将军佛朗哥的故事？如果一个带队游德国的领队说"在酒店打开电视，电视台都是说德语的"，或者"在欧洲的酒店，打开窗外面的风吹入来可以很舒服"之类的说话，那真是比"攞你命三千"还要"攞命"[1]。

所以再一次证明，如果仍然坚持要跟旅行团去旅行的话，什么都可以不带，但至少要带个 noise-cancelling 的耳机，把消噪功能开启，隔走导游的噪音，然后旅游巴上读读书、看看维基百科好过。但既然如此，为什么还要跟旅行团去旅行呢？

1　编注：意即要命。

避走日本

今年英国实在多事，如果英女王需要像香港的刘皇叔（两年前开始由刘大公子继承此任务）一样，每年到车公庙为香港求签的话，今年她为英国求的签应该是下下下签，是不吉利之中的不吉利。先是连串恐袭，然后无端端举行选举弄出一个弱势政府，最近还烧了一场通天大火，一夜之间夺去几十条人命。

在那场大火中，我在亚非学院政治系的博士班同学罗比（Robbie）就住在那栋大厦的十七楼。他说，火警钟响起的时候他在屋内看电影，听到警钟之后向窗外一望，见到楼下火光熊熊，立即叫醒女友，然后二话不说就背起六十八岁的阿姨，一口气走十七层楼梯冲到地下。捡回性命，但就失去所有家当，读书人最重要的书和电脑都通通烧掉。罗比有一半黎巴嫩血统，博士论文研究哈马斯和真主党的关系。读博士之前，他在大学里面教方法学，以前的学生为他搞灾后众筹，希望可以筹一点钱、合力帮他渡过难关。

英国多事，所以之前短暂回香港两个星期，避避风头。还抽空去了一转日本四国，给自己放一个假，充一充电之后回到伦敦继续搏杀。难得去到日本，当然要趁机会从四国高松，北上东京，探探在日本工作的老朋友 K。有几个方法可以从高松上东京，正常一点的选择有内陆飞机也有新干线，但我选择了最便宜的方法——夜行巴士。

选择夜行巴士不是纯粹为了省钱，而是一种情意结。村上春树的小说，我第一本读、也是最深刻最喜欢的是《海边的卡夫卡》。小说中的主角、十五岁的田村卡夫卡离家出走，从东京逃到高松就是搭夜行巴士，所以我一直都想体验一下搭夜行巴士穿梭日本的经验。这次跟田村卡夫卡相反方向，由高松搭上东京。

东京和高松的距离很远，十多个小时不断赶路，巴士虽然每两小时都停下来，但只是为了轮换司机，而不是给乘客下车伸展一下。夜晚八点半准时开车，除了开车没多久之后，停了一间便利店给我们买点食物之外，一直到九个小时之后，才在东京郊外的海老名休息站，停下来给我们去洗手间梳洗一下，因为已经是一大清早、新的一天了。

K 是我中学和大学的同学，以前每天在学校见到，一起吃午饭，考完试后打机打撞球，都是美好的回忆。现在各自离开香港闯天地，每次相遇都真是久别重逢了。

难得一见，所以都要燃烧所剩无几的青春，吃饭、打撞球，然后喝酒、唱 K，步出涩谷已经差不多凌晨五点，天已亮了。他说，在日本工作永远都斗不过日本人。斗什么？斗在日本职场文化中生存下来。在日本工作，除了不会放假、不会休息，下班之后还要不断喝酒，喝到凌晨四点天亮，回家冲凉之后就返回公司继续工作。

那天是星期五的早上，我们朝早五点在涩谷坐头班车回家，沿路见到一个醉到不省人事的西装大哥，睡在花槽中间，手里还紧紧握着公事包。我只能拍拍 K 的膊头，跟他说声：Genki！加油！

听风的歌

　　富二代刘鸣炜说过，少去一次日本可以有助储首期买房子。但对我来说，去少一次日本就会少见在东京工作的老朋友 K 一次。朋友与首期，我选择朋友。

　　有看我专栏的，多少都听过 K 是何许人也。中学老同学，大学毕业之后一起离开香港，我去英国走学术路，他去东京实践儿时宅男梦想，在日本大企业工作。"故国风光好，久客心应碎"，我们怎会不明白？现在我们各散东西，所以我有机会回到香港，总要想办法去日本一趟，像回乡探亲，一年一两次也不过分。我不是自我安慰，多得廉航发展起来，捡到一张平机票的话，去东京比去北京还要便宜。

　　这个年头，飞机早已跟火车巴士无异，在英国的时候，有推广的话（不难遇到），十镑八镑就可以飞去欧洲不同城市，一定比坐火车省钱。不过话说回来，火车还是有捧场客，我就是其中一个"火车忠粉"。搭火车不用长途跋涉去机场（在英国，去机场的时间比搭飞机还要久），也不用左脱右脱、几乎要脱光的安检。而且我有一点飞行恐惧，每次降落都会头痛，痛得像五雷轰顶，降落前必须吃止痛药才能安定下来。

这次凌晨四点降落东京，天未亮就出到市中心。本来想直接去筑地市场，但实在太冷太饿太累了，在住处附近见到一间廿四小时的乌冬小店，想也不想就冲了进去。点了一碗热乌冬，热汤像暖流一样灌入食道，将冰冷了的胃融化，整个人从里到外暖起来。如果在伦敦也有这样通宵营业、卖热汤面的食店，那多好呢？

人愈长大，反而变得愈脆弱，很多东西都觉得不容易，简单如跟老朋友见面也要飞越半个地球。我们两人一见面，就有说不完的话，大家也压根儿知道，下次再见可能又要一年半载。所以我现在每次去日本跟他都有固定的节目，吃晚饭、打撞球，然后吃消夜、喝酒，总之就是没有睡觉的时间。

我们误打误撞地去了一间小酒馆，酒馆是楼上铺，周六晚上也没有很多客人，除了我们两人，就只有一对年轻情侣在玩飞镖。我们走到里面的"波台"，打了几局之后，情侣也走了。我们坐回吧台，点了杯 highball（威士忌加梳打水），整间酒馆只余下我们两人，和酒馆老板 Jack。我不知这位酒保是否真的叫 Jack，只是整个画面太过村上春树，就像《听风的歌》里面的情节一样。K 就是"我"，我就是"老鼠"，那么酒保当然是"杰"。如果酒馆播放的音乐从 Ed Sheeran 的 *Shape of You*，转为 Keith Jarrett 在 1975 年的 *Koln Concert*，那就更好了。

我们一直坐到酒吧打烊，出来望望手表已经早上六点，附近浴场刚刚开门。我们还以为可以独霸浴场，但一进去，看见鞋架已经有鞋，里面全部都是大叔。朝早六点的浴场是大叔的世界，我们此刻都成为大叔。

职人叉烧

　　我愈来愈对日本的"职人魂（精神）"着迷，现在几乎由头到脚都想找"职人"产品，无论眼镜球鞋，抑或一杯啤酒一块叉烧，我都要找职人制造。

　　职人文化所对应回答的，是工业革命所带来的机械复制时代，铁臂钢抓取代工匠的一手一脚，将生产速度大幅提高。同时，机械的每一个动作都是运算出来的结果，所以每一个动作也不差毫厘的精准，制成品都一式一样；即使机器偶尔出错制成次品，也会有另外一台负责品质检验的机器将次品筛走。

　　从经济角度，如此高效、同时能够降低工人成本的生产，当然是资本家的福音。但这样生产出来的产品却始终冰冷、欠缺温度。借用班雅明（Walter Benjamin）的经典文章《机械复制时代的艺术作品》来说，这些商品都没有"灵光"（aura）。没有温度、没有"灵光"的制成品，就只是物件本身而已，没有额外的重量，也没有更多的故事。

日本有名的包包品牌"吉田包"有句口号叫"一针入魂"，完美概括了什么叫"职人精神"：每个包包都是人手缝制，一针一线都充满工匠的灵魂。要成为职人，本身就需要艰辛的过程，从旁观到实习到独挑大梁成为专家，都必须用上一辈子最芳华正茂的时间。所以，成为职人的第一条件就是要对所专注的专业有热诚，否则根本不能坚持下去。对职人来说，工作就是他的生命，所以认真穿好针线不止是工作态度，也是生命态度。

当一件产品写上"职人"两只字，所代表的就不止是制成品本身，还包括了生产的过程。因为工匠都花上心血制造，而且人手不是铁臂、每个动作都不会完全相同，制成品也因此变得独一无二，只要用心，就可将"职人魂"贯注其中。反过来，如果是机器制造，阿猪阿狗在电脑后面按几个按钮，都可以操作机器将物品制成。

早两星期在东京涉谷，走过一栋商厦时给一辆流动餐车（food truck）吸引，这餐车叫 Porky and Ducky，专卖叉烧饭。我和在日本工作的 K 都好一阵子没回香港了，竟然在日本闻到叉烧香味，立即停步买了一盒叉烧饭缅怀一下。在车上卖叉烧饭的是个日本帅哥，斩叉烧斩得似模似样。"叉烧仔"见我们两个港仔排队，立即跟我们说，他小时候在加拿大读书，跟几个香港朋友一起玩，吃了叉烧饭，就立志要将此美食带回日本，毕业之后去了香港学烧叉烧。现在经营餐车，车上有个大铁炉。他说，叉烧是每天早上停车之后在车上烧的，早上开炉，到午饭时间叉烧刚刚烧好，停车位置的半公里半径范围都闻到叉烧香味。

叉烧仔有自己的网站，预告每天停泊的地方，网站上写了句英文标语：For the love of Char Siu.（为了对叉烧的爱。）这块烧得外脆内软的叉烧，就是我所追求的职人叉烧了。

不太欧洲的苏黎世

　　喜欢苏黎世的简单。简单不是落后，也不是朴素，苏黎世是摩登城市，有高楼大厦有购物大道。苏黎世的简单有点抽象，只有走在街上才感觉得到。在旧城区附近左穿右插，抬头总会见到大教堂的双塔，很快就可以摸清苏黎世的地图。走在利马特（Limmat）河边，看见坐在岸边长椅的男人，我想，只有如此的城市才有空间给我们思考一整个下午。

　　第二次去苏黎世大学开会，终于没有撞正周末。德语系国家对星期日作为安息日这传统最为遵守，就连超级市场也整天关门。在瑞士开会还可以见识到德语系民族对守时的重视，一大朝早九点的会议，半分钟不迟就准时开始。换在别的地方，像意大利像西班牙都不可想象。

苏黎世的简单，也对应着其他城市的复杂。如果我之前说台湾的公车很难搭、不知道什么时候拍卡付钱的话，苏黎世的电车火车就是最容易搭的交通工具。车票只需要随身携带就可以，上车下车都不用拍卡，而且我还未遇过有人查票。不像在伦敦搭轻铁，常常都有职员做 ticket inspection。试过一次在伦敦，想人想事想得入神，见到远处有人查票，突然之间心慌起来，根本忘记自己有没有在站外拍卡，尝试"回带"想一下五分钟前的画面，只想起脑里想着的人与事。直至查票拍卡一刻，见到"绿灯"亮起才松一口气。

苏黎世也是难得的一个欧洲城市，街道上几乎没有行乞的人。不像在巴黎，搭地铁入闸，那道闸门明明已经差不多两米高，还是会有人跨过去或冲进去，或者会在你拍卡入闸的时候，以近乎全身肌肤紧贴你背面的亲密姿态跟随你一起入闸。明明陌生，却亲密如此，这是花都的另类浪漫。

苏黎世当然也不会有人在车厢上卖艺表演或行乞。在伦敦，常常有人在车厢上无端端拿出小提琴，演奏一首短短的乐曲，然后希望乘客打赏。他们也实在是厉害的音乐家，时间总是控制得恰到好处，总会在列车准备关门开车的时候，落车跳到下一节车厢（大部分的伦敦地铁，每一节车厢都不互通）重复以上过程。

　　我想这样的搭车经验，是伦敦生活的一部分。第一次遇到或许觉得尴尬奇怪，但这些在列车上卖艺或行乞的人也很随意，不会因为你不给钱而骚扰你。但最近到苏黎世之前回了伦敦几天，在搭地铁的时候听到一个未听过的列车宣布：There are beggars and buskers operating on this train, please do not encourage their presence by supporting them.（车上有卖艺行乞者，请不要做出支持或鼓励他们的行为。）听到之后，的确看见不远处有个衣衫褴褛的人在行乞。

　　骤听之下（特别以香港人的标准），不准在车上卖艺行乞是天经地义，但当你实实际际见到那个行乞的人，然后车上不断重复播着"不要做出支持或鼓励他们的行为"的警告时。这是一个无比悲凉的画面，也是他们最需要帮助的时候。

主题公园威尼斯

　　亚非学院在罗素广场，也就是电视剧《新世纪福尔摩斯》[1]第一季第一集，华生在这里遇到介绍他认识福尔摩斯的朋友。亚非学院是间小小的学校，校舍只有三幢。学校大部分课室都是只有几张台凳的小房间，不像以前在中文大学，很多时候都在那种像戏院的演讲厅上课。记得以前在联合书院，有个课室叫 C3，地方很小也要建成演讲厅，又高又窄，坐中间那排会给吊在半空的投影机阻挡视线，最讨厌在那边上课。

　　从罗素广场走大概三分钟，就会走到哥顿广场。大伦敦（Greater London）就是这样可爱，每隔几百米就有个广

1　编注：又译作《神探夏洛克》。

场（所谓广场其实更像我们所理解的小公园，有长凳也有草地），再走一两公里就会有一个大大的公园，像海德公园像摄政公园，都在市中心，都大得离谱。

能够在繁忙的大都市中间，或走进公园散步，或在湖边发梦，都是赏心乐事，也是生活在伦敦的浪漫。哥顿广场旁边有幢三层楼高的小建筑，门口印上亚非学院的校徽，是学校博士研究生的工作地方，也只有博士生能够进入，每进一度门都要拍卡确认，保安非常严密。一星期七日，不分日夜，里面的人都埋头苦干。很多座位不只摆满书本，甚至有牙膏牙刷沐浴露。虽然距离毕业还有十万八千里，不过已经体会到，这就是学术研究生活的写照：生活跟工作都分不开。是自由，也是困身。

上星期还去了威尼斯，参加欧洲台湾研究协会一年一度的学术会议，今年已经是第十四年了。协会每年都会在欧洲其中一个城市，聚集全世界研究台湾的学者，从政治、文学到电影，互相分享最近的研究成果。会议第一日，请来哈佛教授王德威老师演讲，谈台湾文学跟台湾研究的关系，从赖和讲到骆以军，全场掌声不绝。

这是我第一次参加学术会议，也是第一次到威尼斯。老实说，我对威尼斯是有点失望。还是同行的美国教授亚当形容得准确，威尼斯根本就是个 theme park（主题公园）。这里看的、玩的、卖的、食的，全部都非常单一：就是小河、贡多拉、面具和薄饼意粉。感觉就像在迪士尼乐园，每隔几步就一间商店，但每间卖的都一式一样，都是有关老鼠和老鼠的女朋友。

不能不惊讶威尼斯人的团结。不单是他们卖的东西大同小异，而且个个都开天索价，根本没有格价比较的需要。像印了风景画的明信片或书签，制作不见得特别精细，一张普通书签动辄六七欧元，一碟意粉也要十欧以上（天啊比伦敦还贵！）。我住的地方跟大学距离大半小时的路程，每天都差不多要走过半个威尼斯，经过的每间商铺，几乎都卖相同价钱，没有半间铺头尝试以低价作招徕。

想象一下：只要有一间铺头稍稍减价，尝试以价格取胜，后果就会变成骨牌效应，各自 race to the bottom（逐底竞争）。可以肯定，能够笑到最后的只会是游客，而不是带头减价的那一间商铺。为了保持利润、保持因为丰厚利润所带来的笑脸，每一间店都会继续团结，继续开天杀价。

不会脱节

　　在外面读书之后，每次从香港来回都像返乡下，行李总是爆满。从英国回港，总要带点衫裤鞋袜给家人朋友，什么全球化都是骗人，本土才是王道，在英国买英国牌子，永远便宜香港一大截。难怪古往今来，十个留学生，九个都走水货帮补生计。

　　题外话一下，身边有个内地同学，富二代，在这边读第三年硕士了（还未毕业），明明一年可完成的课程如何读三年？原来她正职是做"买卖"，"买"是在英国买名牌包包，"卖"是在英国卖从内地带回来的手机壳、保暖裤，闻说非常好卖，赚到不少钱，肯定比写稿的稿费多。

　　"正职读书"交学费只为签证不求毕业，至于怎样读三年都未毕业？首先要有个富爸爸，然后考试不及格就可以了。上年一起考试（对，在英国大学，读到硕士都要坐在课室考final），三个小时的考试，三十分钟未够就举手离开，全场目瞪口呆。据说下个月签证终于到期，只能回国，到五月考试时才再回伦敦。

言归正传，从香港回伦敦，行李一样爆满overload，而且每次都非常苦恼。当然不是苦恼带多少手机壳保暖裤去卖，而是苦恼带什么书过伦敦。读书人嘛，像詹宏志老师所说，"书呆子相信凡事书中都有答案"，所以总要有书傍身，解决生活问题（最大问题是孤寂）。

生活在外，带着熟悉的书在身边，才能解思乡之愁。每个读书人，总有几本书要放在身边才能心安。问题来了，周保松的《相遇》是我的政治启蒙，要带；马家辉的几本散文（当然还有小说），要带；董桥的更加要带，像最新的《苹果树下》，写的都是那些年董公走在伦敦街头的人与事，我对亚非学院的想象多少都是通过董公笔下所知。这些都是自己爱读的书，问题是，还有很多不太想读，但跟自己研究有关的书，也不能不带……就是这样，每次在家摆出几大摞书进行筛选，然后跟那几本"沧海遗书"暂别一下。

董桥以前在亚非学院做研究，他的另一本文集《小品卷一》，是其中一本我来伦敦后读完再读的书，书内再细分两卷，卷一是"在伦敦写的"，有他写在"藏经阁"（即学校图书馆)的书与事，很想试一次按书索骥寻宝一下。《小品卷一》其中一篇文章，叫《就是这个滋味！》。董公写他当年在英国写文章，总被冠上"英国通讯"的栏名。他说"通讯文章"，应该要"千祈翔实……有新闻价值，又有文艺趣味的通讯，是再好不过了"，但同时要有一份"应有的悲凉"，为什么？董公引了吴世昌的两句诗："故国风光好，久客心应碎。"

离乡背井，始终悲凉。所以在报纸上这个专栏，就叫"英国通讯"，我希望内容翔实之余，也可散发内心"应有的悲凉"。二十一世纪，留学生写通讯跟走水货一样，都不脱节。

学不到的断舍离

最近搬家，从伦敦东边搬到伦敦西边，家的面积减了大半，所有家当都要分成三大类。第一类为无用之物，全部放弃。明明将那本《断舍离》带来英国，希望早日炼成这个"改变 30 万人的史上最强人生整理术"。不过到了搬屋执拾之时，杂物依然多得离谱，装满了几大袋垃圾。

第二类和第三类都是要留下来的东西，分别在于留在英国，抑或寄回香港。当前不需用到的书和家品，全部寄回香港。在外国生活之后，除了学懂煮食求生之外，还变得精打细算。伦敦和香港一样都有土地问题，所以将物品船运寄回香港比在伦敦租一个迷你仓还要划算。

全屋最多的东西，除书之外，就是威士忌和音乐唱片。

酒没办法邮寄（一来是液体，二来涉及税项问题），所以最大的烦恼就是要决定将哪些书和唱片留在身边。来了英国两年未够，多得 Amazon，在这边买书买唱片实在太便宜。举个例，买一本二手书或二手唱片，定价只是 0.01 镑，另外加上标准的 2.8 镑运费就可以买得到。之前网上有文章分析，究竟 0.01 镑的定价如何赚钱。原来这些旧书旧唱片都是别人或图书馆捐赠，本来就不费分毫，这些二手网店赚的钱主要从 2.8 镑的运费内扣除（因为实际上的运费根本不需 2.8 镑）。

书和唱片都有一定重量，纸箱装满之后几乎比我还要重，搬都搬不动。你可能说一只 CD 本来不重，但一套有 101 片 CD 的华纳经典录制卡拉扬全集（The Complete Official Remastered Edition）就有一定分量了。喜欢录影录音的卡拉扬，单是唱片"全集"就有很多版本，不同唱片公司都录制各自的"全集"。虽然卡拉扬已经去世差不多三十年，每年仍有新版本的全集出现。

执屋的时候，还意外找到之前从香港带来的一本书，是台湾古典音乐专家 blue97 写的《福特万格勒——世纪巨匠的完全透典》（有乐出版）。blue97 实在厉害，分析福特万格勒（Wilhelm Furtwängler）的不同录音版本。像在 1951 年拜鲁特音乐节的一场演出，演奏贝多芬《第九交响曲》，他听了不同唱片公司录制的唱片，每个乐章、逐个小节作出比较。虽然大家都录制同一场音乐会，但有些唱片公司做了太多后期修正剪接而令到录音失真（例如会将观众的咳嗽、脚步声删走），所以他要找出当年最为真实、最原汁原味的录音。

卡拉扬是福特万格勒的死敌，后起的卡拉扬比福老更加热衷于为纳粹德国效力，更得希特拉的欢心。福老跟卡拉扬的一大不同，是他讨厌录音，甚少进入录音室灌录唱片。其中很大原因是在福特万格勒的年代，录音技术未成熟。

福老在1926年进入录音室录制贝多芬《第五交响曲》，但当年的录音技术最长只可以连续录制四分钟的长度、亦即每四分钟就要换新的唱片，所以根本不能一气呵成将乐曲演奏，一首半小时有多的"贝五"要打断七八次来录音，自此之后，福老就更讨厌走入录音室了。

上瘾之必要

做学术研究、读书听音乐、喝酒喝咖啡，无论什么事，只有上了瘾才算真正喜欢，才能深入钻研。上瘾这回事，就是日思夜想、不做不舒服的感觉，会想做得更多做得更好，了解得愈深入就会愈兴奋。至于上了瘾之后，如何与之保持适当距离，如何拿捏得好、保持平衡生活（well balanced life），又是另一种学问修为。因为在现实上，specialist（专家）与 geek（极客）就只有一线之差。

我努力避免自己成为一个 × × geek 的方法（成功与否就要靠我朋友来客观断定），就是分散投资、钻研多过一种兴趣，don't put all your eggs in one basket（不要把你的鸡蛋放在一个篮子里）。而在伦敦生活就提供了很好的条件，可以培养各种不同兴趣，因为伦敦就是一个可以让你很随意就得到不同方面最顶尖最一流的体验的地方。

举个例：喜欢古典音乐，不可能不喜欢马勒。如果在香港，一年都没有几多场音乐会演奏马勒；在伦敦，五个常驻乐团和其他地方来访的乐团，一年之内至少可以听到马勒全套交响曲的一半。

几天前看沙隆年（Esa-Pekka Salonen）[1] 指挥爱乐乐团演奏马勒《第九交响曲》，去到最后的第四乐章、完结之前弦乐极为微弱（pianissimo）的演奏，音乐慢慢变小，最后没有声音、一切归零，全场台上台下的人连呼吸都不敢。静止了十多秒才有掌声响起，那种停顿就是马勒所写的死亡"ersterbend"（dying 的意思）。音乐不只是旋律和音符，静止停顿也可以动听。马勒在写完"第九"之后不久就去世，这首交响曲也在他死后才由马勒助手 Bruno Walter 在维也纳首演。

沙隆年是我最喜欢的指挥，都六十岁了，可能因为没有大肚腩（不像梵志登、拉陶等等），这个芬兰指挥（和作

1　编注：又译作萨洛宁。

曲家）仍然非常有型。数一数，今年已经看了三次沙隆年指挥的马勒，分别是"第三"、"第六"和"第九"。三场在乐评网站 Bachtrack 上的评论都打满分五星，其中"第三"的那一场最近放上 YouTube，马勒迷不要错过。

又举个例：喜欢足球、懂得足球的，不可能不喜欢伦敦的，因为伦敦有阿仙奴。虽然已经十多年没有拿过英超冠军；虽然我们（阿仙奴球迷）经常给作客的球迷取笑不够投入，往往一个角落的作客球迷，打气声都盖过整个主场的球迷。一听到"This is a library、This is a library"，就知道作客球迷又笑我们睇波[1]太静。

在伦敦，就算你没有品位、不喜欢阿仙奴，你还可以喜欢车路士（Chelsea）[2]；又或者二十多年来，只曾试过一次排名高过阿仙奴的热刺（Tottenham Hotspur）。伦敦的球会，散布东西南北，所以只要是周末，不同地铁线都会装满穿着特定颜色球衣的球迷。

伦敦还有很多的美术馆博物馆（像 Tate、像 Saatchi）、很多的威士忌小酒馆（苏豪的 Milroy's 非常不错，店里面还

1　编注：意即看球赛。
2　编注：又译作切尔西。

有一只醉醺醺的小狗）、书店（写过太多次了）、黑胶唱片店（红砖巷的 Rough Trade），全部都是世界上最好的博物馆酒馆书店唱片店。无论你有什么兴趣，伦敦都可以满足得到。又应该说：如果你没有在伦敦上到几种"瘾"，实在是枉来伦敦。

IV

我的 comfort zone

伦敦的夏天等我回来

难得连续几天寒冷，冷得要把颈巾围上几圈、双手捧着一杯热茶，冰冷的手脚才找回知觉。想起伦敦的冬天，想起走在河畔寒风刮脸的刺痛，想起躲在家中但为了省电费而挨冷不开暖气的日子。

从伦敦回来之后，好一阵子才适应下来。似乎这是每个留学生回来之后都会面对的问题，满脑子念兹在兹的都是地球另一边的人与事。收到几个月前从英国寄船海运回来的生活用品，昔日房间的空气味道也伴随杂物一起收在纸箱之中，一打开就如回到过去。

在英国生活久了，很多事都习惯下来，回到家乡竟然觉得陌生。桃花人面大概依旧，只是自己变了。读书为求学习、为求长大，学成之后回来觉得不再一样，大概就是学习了、长大了的证据。都不知是幸或不幸，还有好一段日子才真正学成归来，不过做人总要往好处想，我九月可以回到伦敦继续生活，未毕业也是好事。

在伦敦，可以逛公园逛博物馆，可以在工作大半天之后听场音乐会才慢慢走路回家。就算在伦敦大忙，但生活也好像比在香港更像生活。忽然想起有关掌故大家高伯雨先生的小故事，收在许礼平写的《掌故家高贞白》里面。高伯少时也在伦敦留学过，当年高伯在《新晚报》的副刊写文章，写到外国人的生活不像中国人喜欢喧闹，就算在市集，"飘针落地"也一样可以听到。高伯写完这则小事，就被报纸编辑在稿子下了批语"洋奴思想"。给高伯下此批语的编辑，是金庸先生。我说伦敦的生活比香港更像生活，一定也是洋奴思想作祟。

想念伦敦的很多东西。就是回到家中、冲杯热茶，放一张黑胶唱片在唱碟机上播放也觉得很好。因为想到大半年后还是会回去，所以就没有把唱片和唱机寄回香港。早两天在香港逛唱片铺，看到黑胶碟的价钱比伦敦贵了几倍。什么全球化、购物天堂，根本都是天方夜谈，只要是舶来品，就贵得吓人。香港的东西，什么都卖得贵。

说起黑胶碟，日本是买碟好地方。之前去涉谷的唱片店，古典爵士摇滚每个部门都分得整整齐齐。忍手之下，仍然买了卡拉扬指挥的全套贝多芬交响曲、两张马勒《第六交响曲》（分别由伯恩斯坦和阿巴多指挥），还有一只非常有型、由萧提指挥、唱片封面用书法写成的《大地之歌》，还有听完又听的 Keith Jarret 在 1975 年的科隆音乐会。

除了日本，伦敦当然也有买黑胶的好地方。书店 Foyles 二楼角落的 Ray's Jazz 有不少德国爵士唱片公司 ECM 的唱片，学生买还有九折，应该是全世界买 ECM 最便宜的地方了。另外在东伦敦的红砖巷（Brick Lane）中，唱片店 Rough Trade 也是乐迷必到的地方。他们自己也有录制唱片，上年就有 Max Richter 精选选曲的 *Behind The Counter with Max Richter*，特别版还附有一张 7 英寸唱片，收录 Max Richter 为戏剧《两个亨瑞》（*Henry May Long*）而作的音乐。

说着说着，伦敦真好，今年伦敦的夏天等我回来。

音乐会的最佳座位

　　读博士做研究，从入学第一天，学校就跟我们说，你们在学校的编制上不再是学生，而是研究员（researcher），没有学分需要修读。为期三四年的研究，只有自己对自己负责，每日读几多、写几多都是自我修为，唯有自律才有望顺利毕业（我在自我训勉）。无论对研究题目有多大兴趣，始终都是刻板枯燥的过程，所以必须找点嗜好，疏通思路排解苦闷。古典音乐是我其中一个 outlet。

　　一直认为，接触古典音乐的第一步是要坚持听完。有点像品尝威士忌一样，第一口你可能会被高浓度的酒精吓走，但适应之后就能欣赏当中的不同味道。古典音乐之所以难入口，其实无他，就是乐章太长，不像流行音乐听一次就可以记住旋律。举例，大部分人都听过布拉姆斯《第一交响曲》第四乐章的一段悦耳旋律（信我，就算你未必认识、记得布拉姆斯的样貌，但肯定知道这首音乐，你在 YouTube 听一下就记得了）。但很多人都不愿意花四十多分钟去听前面三个乐章，或听了一阵之后觉得"唔对路、未听过"而放弃。但听古典乐跟睇戏读小说无分别，只有从头到尾听完读完才能掌握完整故事。无论看电影抑或听音乐，谷阿莫都不是正道。

万事起头难，就算立定决心要投入古典音乐这个无底深潭，也要找入门。书呆子当然会找最信得过的伙伴——书，这方法万试万灵。在书堆中探索，就像在一堆乱缠打结的线头中，只要将其中一条拉起，就会自动牵出另外几条。在中文书当中，李欧梵、焦元溥、杨照、邵颂雄等所写的书都是非常好的"线头"。

有关听音乐的学问，除了指挥家作曲家的故事，还包括去听音乐会应该选择什么座位。李欧梵常常批评香港文化中心的音响，"座位在前在后，在楼上或楼下，听到的声音大不相同"。焦元溥在《乐之本事》中有更通用的锦囊，要诀就是：坐后一点、坐高一点。按照"声音往上走"的物理现象，楼上座位往往声音较好，坐得太近舞台反而声音不平衡。焦元溥又说，如果听钢琴协奏曲就应该坐音乐厅的右边，即钢琴琴盖打开的方向，声音较好。

这些学问当然都有理据，而且非常科学。不过我觉得最好的锦囊，都是入场之前祈一下祷，希望坐在你附近的人（特别是前方）都是"正常"人。正常之一是要健康，因为听音乐会最棹忌有人咳嗽。如果附近不幸有个喉咙不适的观众，音乐会的可观指数将会剧跌。听音乐会最有趣的一个地方，就是乐章与乐章之间的停顿，全场观众都会一起咳一咳、清清喉咙。有一次听伦敦爱乐的"马勒四"，我坐合唱团的座位，所以可以面对指挥，当第一乐章奏完时，全场观众在一起咳嗽，潇洒的长发指挥尤洛夫斯基（Vladimir Jurowski）非常不满，做出很厌恶的表情，非常好笑。

至于"正常"观众之第二条件是有关发型：有一次在伦敦的皇家节日音乐厅，按照焦元溥的建议坐得又高又后，偏偏前面坐了一个贵妇，她的发型根本就是一个放大两倍的西兰花，一来挡住视线，二来就像隔音棉一样吸走不少音波。最最最要命的是她非常投入，头部随音乐轻轻左右摆动，来回挡住我七成视线。半场之后我开始觉得头晕想呕，幸好再后几排有个空位，立即调位，好好欣赏下半场。

指挥大师

我学听古典音乐的策略是"宁滥勿缺",很多时候不管什么曲目、哪位指挥,听过未听过都不打紧,总之有时间就买飞[1]入场,学生票才五六镑,总会有意想不到的收获。

有时候放学之后就赶去音乐厅,还未有时间查一下演奏什么,一坐低音乐就开始。听音乐就像跟女生相遇,不管之前有没有听过,只消听几分钟就会知道这乐曲是否 my cup of tea。像瑞士作曲家奥乃格(Arthur Honegger)的《太平洋231》、法国作曲家杜卡(Paul Dukas)的《仙女》,都是我一听钟情的乐曲。

---

1 编注:意即买票。

这样大包围式听音乐会，还可以认识更多不同指挥。有一次听爱乐管弦乐团，指挥是个子高高、满头白发的布隆斯泰特（Herbert Blomstedt），这个瑞典老人家，即将九十岁了，没有拿起指挥棒，只是举起一双手，一脸慈祥的笑容指挥着布鲁克纳的第四号交响曲——《浪漫》，单单坐在台下望着指挥都觉得温柔。

读李欧梵的《音乐札记》，提到上世纪的指挥大师（maestro），像卡拉扬像伯恩斯坦像萧提等都作古之后，写道"俱亡矣……二十一世纪已非指挥家称王称霸的时代"。所以当读到小泽征尔、村上春树的《和小泽征尔先生谈音乐》，小泽先生谈及跟卡拉扬和伯恩斯坦的相处，相比伯恩斯坦的那种美国自由风格，卡拉扬就是"不会听别人的意见……控制得很严格"。卡拉扬可以说是近代最伟大的指挥家，却一直有不少人对他非常抗拒，像李欧梵就不讳言对他"敬而远之"。

其中一个最大原因，就是卡拉扬完全偏执抓狂的风格。之前看了 BBC 制作的卡拉扬纪录片《卡拉扬的魔力与神话》（Karajan's Magic and Myth），访问了很多卡拉扬指挥过的柏林爱乐乐团团员。卡拉扬本身喜欢驾驶飞机，其中一个团员说，有一次跟卡拉扬的太太和女儿一起坐他驾驶的飞机，在起飞之前，卡拉扬的妻儿都一脸死灰，她百思不解，直至起飞之后她就知道发生什么事。原来卡拉扬喜欢在起飞的时候，用最快速度爬升至指定高度，像驾驶战机一样驾驶小型飞机，他绝对有潜质加入一间台湾航空公司做机长。所有机上的人都脸色青白，唯独卡拉扬一脸征服世界的得意。

卡拉扬另一抓狂的地方，是对录影的重视，他认为录像就是古典音乐的未来。所以他是指挥，也是制片人。在镜头之下的乐团，都应该是他想象的理想乐团。他认为光头不配合完美乐手的形象，所以都给光头的团员准备好假发；到实际录影的时候，全片近九成的时间，都只会特写卡拉扬的左边面（他认为左边面更好看）。而有胡须的乐手在卡拉扬眼中也是不合适的，所以本身有须的首席长笛只能幕后代"吹"，出镜的工作就交给另一个没须的乐手了。

或许卡拉扬的作风，像他指挥时从不开眼的习惯，未必人人受得来。但当听到他指挥下柏林爱乐的声音，那种接近吹毛求疵的音色，你还是会被他所折服俘虏。

管弦乐团的五粮液

在伦敦五大管弦乐团之中，除了皇家爱乐乐团（Royal Philharmonic Orchestra）之外我都喜欢。几次听皇家爱乐的经验都是失望收场，已经跟自己说了，不会再看他们了。无论是弦乐抑或木管，音色又散又黯，连奏贝多芬《第七交响曲》也没气没力。更奇怪的是，几乎每次都在皇家爱乐的音乐会遇到怪观众，一次是之前提过的"放大版西兰花发型"的英国贵妇坐在我前面，一边听一边摆动西兰花头，挡住视线也隔走音乐。

另一次就更加离奇，有好一班观众在每个乐章停顿之后都大拍手掌，旁边的观众都已经耍手拧头叫他们静下来，但都于事无补。整晚音乐会响了几十次掌声。散场的时候，很多一身绅士打扮的老乐迷都口黑面黑，不断摇头。

听古典音乐的大忌，就是乐曲未完拍掌，有时就算最后一个音符已经奏完，指挥的手一天未放下，那首音乐仍然未完，因为那种空白停顿也是音乐的一部分。像听阿巴多（Claudio Abbado）在琉森音乐节指挥马勒《第九交响曲》（YouTube 上有录影，非常精彩），在最后乐章完结之后，阿巴多的手一直没有放下，全场所有人都像停止了呼吸一样，足足停了一分钟才有人拍手。

至于伦敦其他乐团，除了手执牛耳、肯定是欧洲头三大乐团的伦敦交响乐团（London Symphony Orchestra）之外，爱乐管弦乐团（Philharmonia Orchestra）是我入场看得最多的一队。乐团总指挥是沙隆年，他本身也是作曲家，是纽约爱乐乐团的驻场作曲家。他在著名音乐网站 Bachtrack 的"2015 年世界最佳指挥"中排第八。

每次去皇家节日音乐厅看爱乐管弦乐团的时候，开始之前都会在舞台两侧，投射出乐团的标志，还有乐团的首席赞助。在 Philharmonia 旁边的，总是大大只简体字写着"五粮液"，底下加一句"首席国际合作伙伴"，实在威武。可能是我洋奴思想，之前香港管弦乐团有场音乐会，由苏格兰威士忌品牌 Macallan 赞助，觉得很顺理成章，威士忌搭管弦乐，就像喝啤酒睇波一样，是合理的 pairing。但当见到"五粮液"和管弦乐团放在一起，总是觉得有点违和。这些中国白酒要改变形象，应该还有很长的路。

刚刚听了他们演奏的马勒《第六交响曲》，一年之内我已经在伦敦听了四次"第六"，头两次是伦敦交响乐团，还有一次是来伦敦演出的日本 NHK 交响乐团，这次则是沙隆年指挥的爱乐管弦乐团。

马勒《第六交响曲》有几个具争议的地方：像这作品的标题"悲剧"是否应该出现。因为在很多马勒演出的记录中，其实都没有冠上这个标题。又像此曲中的第二、第三乐章的次序，究竟应该是诙谐曲（Scherzo）先，还是行板（Andante）为先，都已经争拗多年而且没有定案。以沙隆年为例，他就用了"诙谐曲—行板"的次序，而之前听的拉陶版本，他就用了相反的"行板—诙谐曲"次序。还有一个争议，就是第四乐章内大槌仔声的次数，大槌仔的轰炸，意味着死神的敲门。不过这个问题，现在已有共识：都是两下槌仔，而非三下。

面对恐袭

　　瑞典指挥布隆斯泰特又来伦敦，指挥爱乐乐团演奏——布拉姆斯的《第一钢琴协奏曲》和贝多芬的《第七交响曲》。看这场音乐会，第一是想听"贝七"，第二是想为布隆斯泰特捧场。

　　"贝七"本身是经典，但对我这辈看日剧《交响情人梦》长大的人来说，对这首交响曲总有一点情意结，自然想起"千秋王子"玉木宏的背影。在伦敦听过两次贝多芬《第七交响曲》，第一次是梵志登（香港管弦乐团音乐总监）指挥伦敦爱乐乐团，那时搬来伦敦不久，也是我在伦敦看的第一场音乐会，就见到梵志登，忽然觉得一阵温暖，有种无以名状的熟悉。第二次是小提琴家祖克曼（Pinchas Zukerman）指挥皇家爱乐乐团，是没气没力、非常不济的演出，看完之后只觉得失望，一直都想快点再看一次好的"贝七"。

如果在音乐会可以听到想听的乐曲，可以见到想见的指挥，是双重享受。这次为了看布隆斯泰特，特别买合唱团的座位面向指挥（也因为音乐会非常满座，没有太多选择）。这个老人家实在厉害，下个月就九十岁了，还是如此精灵如此条理分明。以双手代替指挥棒是他的标志，上次指挥布鲁克纳如是，今次也不例外。布老指挥的动作像咏春也像切菜，外国评论形容得准确：是 chop and slice（砍和切）。记得上次看他指挥的时候，觉得他个子很高，今次正面看着竟觉得缩水不少。看指挥的背影，总觉得他们非常高大有霸气，但他们的实际高度往往都和我的想象有很大偏差。无论是梵志登、是拉陶，抑或我只在纪录片中见过的卡拉扬，他们都是小个子，但在指挥台上却像巨人一样。

开场之前，布隆斯泰特走近台前，向观众说：今天晚上，布拉姆斯和贝多芬的音乐都变得更有意义，因为他和团员都要将今晚的音乐会，献给曼彻斯特爆炸案的受害者。面对冷血无理又讨厌的恐袭，其实都没什么可以说。只有像安徒生说：where words fail, music speaks.[1] 以音乐治疗伤口，为这个地方带来希望、带来救赎。

其实英国人一直都习惯与恐袭一起生活，这些避无可避的袭击不是第一次面对，也心知肚明不会是最后一次。突如其来的袭击，实际上的影响只是将恐怖威胁级别升级，那张原本贴在火车站外、早已晒到有点褪色的 severe（严重）警告牌，终于换成新的、最高戒备的 critical（危急），五日之后又将警戒降回 severe。还有，像博物馆大会堂等等的安检变得认真，入场之前都要排队。但排队的人没有半点鼓噪，而且满面笑容，不断向负责安检的保安员说：辛苦你们了。

面对恐袭，既然无从躲避，而且"我哋冇做错到"[2]，只有继续生活才是最好的反击。记者朋友 C 今年来伦敦读书，爆炸之后立即赶去曼市帮电视台做采访，她说在街上访问很多本地人，每个人的答案都一样：Life goes on. 不能担心，也不可以有半点害怕，因为绝对不能让恐怖分子有半点得逞。这其实就是一场反恐战争，而继续生活，就是最有效的反击方法。

1　编注：意为"当言语无效时，用音乐说话"。
2　编注：意为"我们没有做错"。

将世界变好一点

　　大名鼎鼎的拉陶爵士和柏林爱乐来香港演出两场，由康文署主办。十一月我还在伦敦，注定无缘在香港文化中心看拉陶指挥。纯粹好奇上网看看门票售价，非常吓人，最便宜的门票也要 680 元（港元），最贵门票要 2980 元。先不说文化中心音乐厅的音响烂透，这次音乐会打着"庆祝香港回归二十周年"的旗号，不是应该与众同乐？虽说有室外直播，但如此疯狂定价，无疑是政府带头将社会分级分等，上流社会坐音乐厅、低下阶层坐公园，情何以堪？

　　身在伦敦实在幸福，说过很多很多次了，买张学生票看一场世界顶尖水平的音乐会也不过六七镑。而且拉陶即将回归英伦，《BBC 音乐杂志》的九月号大大只字写着 Rattle

Arrives（拉陶到来），下月起将担任伦敦交响乐团的音乐总监（Music Director）。

在卡拉扬、阿巴多等作古之后，拉陶算是当今乐坛少有称得上大师的人物了，光是英国人身份担任柏林爱乐乐团的首席指挥就不简单，在乐评网站Bachtrack的当今最佳指挥排名中，拉陶仅仅排在夏伊（Riccardo Chailly）之后。《BBC音乐杂志》说，拉陶回归英国的震撼程度，可以媲美十八世纪海顿到访伦敦，或者是1877年华格纳在伦敦的皇家阿尔伯特音乐厅（Royal Albert Hall）演出。

伦敦交响乐团是拉陶第三个带领的乐团，二十四岁就担任伯明翰城市交响乐团的总监，将乐团提升至顶尖乐团的水平。而拉陶在任内的其中一大贡献，是推动了在伯明翰建造新的交响乐厅（Symphony Hall），是世界数一数二的音乐厅。而今次接掌伦敦交响乐团，传闻说条件之一，是要在伦敦兴建一个新的音乐厅（拉陶已经否认这个传闻，不过兴建新的音乐厅一直都在讨论当中）。

伦敦交响乐团现在以巴比肯艺术中心（Barbican Centre）音乐厅为基地，巴比肯音响其实不差，至少赢香港文化中心九条街，只是未够顶级，而且舞台太细，演奏一些需要大型编制的作品时就会非常挤迫。拉陶说：如果在巴比肯演奏史特劳斯的《阿尔卑斯交响曲》（*An Alpine Symphony*，大概需要 150 名乐手），就算勉强可以将乐团挤在舞台上，细小的空间发出巨大的音乐，RSPCA（皇家防止虐待动物协会）也会出手干预。

拉陶回归英伦是英国大事，因为他不只提升音乐水平，而且他对社会对政治也有看法。他说音乐家未必可以改变世界，但可以将世界变好一点。（Musicians can make the world momentarily a better place.）在这个荒诞的年代，实在需要更多这样的人，更多希望将世界变好一点的人。

相约在音乐厅的顶楼

这几年在伦敦，每十天八天就去巴比肯听伦敦交响乐团，或者到泰晤士河河边的皇家节日音乐厅看爱乐乐团的演出，在专栏都写过不少。但如果我说自己住在伦敦、喜欢古典音乐，却不写不提全世界最大型古典音乐节之一的 BBC 逍遥音乐节（BBC Proms），你大概会怀疑我根本不喜欢音乐，甚至质疑我根本不是住在伦敦。

夏天本来是乐团休季的时间，伦敦的乐团在这段时间要么休息，要么世界巡回演出。不过我早就说过很多遍，伦敦是个听古典音乐的好地方，恒常的乐季休息，但有逍遥音乐节顶上。

每年夏天在伦敦举行的逍遥音乐节，一连八星期、每天至少一场音乐会，在海德公园旁边的皇家阿尔伯特音乐厅上演。七十几场音乐会，几乎所有古典乐界的大名都有出现，像夏伊、拉陶，像巴伦邦、MTT（Michael Tilson Thomas）。乐团方面，虽然今年没有柏林爱乐，但同样是欧洲最顶级的维也纳爱乐、阿姆斯特丹的皇家音乐厅管弦乐团，还有东道主伦敦交响乐团都有演出。一些热门的音乐会（像演奏马勒的那几场），门票一发售就卖得七七八八，想要买到门票，最便宜也最容易的方法（不是在音乐厅门口买黄牛），是在演出当日的朝早九点，上网买音乐会的"站立位"（未计手续费，一张站着的门票盛惠六镑）。

　　皇家阿尔伯特是非一般的音乐厅，可以坐五千多人，但空间太大、太多观众，对音响效果都造成很大影响。简单来说，这不是一个适合管弦乐团演出的音乐厅。但索尔福德大学的工程系教授 Trevor Cox 说得好，去逍遥音乐节：There is more to a concert than just the sound. Seeing a concert in the iconic hall is a great social event.[1] 见到舞台前面站满人的画面，你就会明白为什么这场古典音乐会是 social event 了。

1　编注：大意为"音乐会不只是去听那么简单，在标志性的大厅里欣赏音乐会是一场盛大的社会活动"。

舞台前的站立位，真的要"站"起来，而且永远都站得密密麻麻。见到那些上了年纪、着得整齐的 ladies and gentlemen，全神贯注企足全晚，而且站得笔直，实在厉害。而音乐厅顶楼的站立位，我想也是逍遥音乐节最逍遥的地方了。在音乐厅最高的五楼，除了倚着围栏边的人会站着看音乐会之外，大部分人都坐在或者瘫在地上。

音乐会七点半开始，而音乐厅六点半就会开门。那些 auntie、uncle 带齐装备，有席有被有枕头，准时六点半就直奔五层，去到那个属于他和她的老地方。他们本来不认识，但他和她都已经不知第几个年头，一起在音乐厅的五楼，一起度过夏天了。他们铺好席、脱鞋、盖被、合上眼，就这样躺在地上，一直到音乐会结束，然后静静离开。没有约定，但却比约定还要可靠，他们一定会相见。

每年暑假的逍遥音乐节就是他们生命的一部分，夏天的每个夜晚，他们都在这里。当去到音乐节的最后一晚，奏起艾尔加（Edward Elgar）的《威风凛凛进行曲》，他们会从背包拿出米字国旗，站起来，一边挥动，一边合唱。当这一晚结束之后，又要等待一年的过去。然后约定明年今日，再次在五楼见面。

皇家阿尔伯特地狱

早前匆匆忙忙回了一趟伦敦，撞正伦敦热浪，坐在伦敦特有的"约翰逊巴士"（Boris Bus）上面又焗又热，差点儿昏了过去。香港也好台北也好，夏天再热都有冷气拯救世人，但在伦敦这个几乎只有暖气没有冷气的地方，撞正热浪随时可以搞出人命。

先说一下约翰逊巴士。这辆前、中、后都可以上落客的巴士大有来头，是最近跟文翠珊闹翻、离开内阁政府的前外相约翰逊，在担任伦敦市长时留下的"苏州屎"[1]之一。

约翰逊当年竞选市长，政纲提出要在伦敦复辟传统的

1　编注：指别人遗留下来的麻烦事。

三门巴士（又称为 Routemaster，特色是可以在车尾上落，并且在车尾位置有一名巴士职员站岗收票），搞了巴士设计比赛、公开招标等等，最后由北爱尔兰的莱特巴士公司负责制造。

约翰逊本来想将这款巴士变成伦敦新标志，实际上却受尽伦敦人的厌恶和唾弃。这款以电力和柴油为混合动力来源的巴士，最为人诟病的地方是车上空调经常失效，而巴士本身的窗口非常细小（本来并没有设计窗口，现在的车窗是后期改造），根本不能通风，加上那张充满伦敦特色的绒毛座椅（所谓"伦敦特色"，通常都是一些奇怪难明的事，以绒毛作为公共交通座椅的质料就是经典，肮脏到不得了）。到了夏天，巴士就变成流动桑拿。

巴士是桑拿，地铁也一样。在夏天繁忙时间搭红色中央线，绝对有条件跻身成为十大酷刑。车厢没有空调之余，因为路线弯弯曲曲，列车行驶时的噪音也是非常惊吓，就算带上消噪耳机也于事无补。实在辛苦中央线的车长，每天要多次驶过从利物浦大街站（Liverpool Street）到贝思纳尔绿地站（Bethnal Green）的那一段，听觉肯定受损，注定没有办法成为职安真汉子了。

搭车如此，就连听音乐会也一样难逃热浪。伦敦夏天有逍遥音乐节，每晚在海德公园旁边的皇家阿尔伯特音乐厅都有音乐会。老实说，我不太喜欢逍遥音乐节，上文写过这个又圆又大的音乐厅音响很差，根本不适合办古典音乐会。这次回来，因为马勒，还是去听了其中一场，由 BBC 威尔斯国家管弦乐团（BBC National Orchestra of Wales）演出的马勒《第八交响曲》。这次一早买票，没有坐在顶楼。但音乐厅就跟地铁和巴士一样，室内地方却没有冷气，听完一个半小时的"千人交响曲"，坐我身边的英国大妈满头大汗、脸也变青了。而在演出中途，一个站在音乐厅"企位"[1]的老伯，真的"热到晕低"，无端倒在地上，要由救护员入场抬走。

可怜老伯，为了听一场音乐会，满心欢喜去到 Royal Albert Hall，差点变成一去无回头的误闯"Royal Albert Hell"（皇家阿尔伯特地狱）。幸好，见到老伯给抬走离场时还有一点意识，真是阿弥陀佛。

---

1 编注：意即站立位。

没有永远标准

长大之后，再没有理由喜欢暑假。一来没有假放，二来不止没有英超，而且乐季休息，除了在皇家阿尔伯特音乐厅的 BBC 逍遥音乐节、音乐会天天上演之外，伦敦五大乐团中，四队都抖暑[1]（除了逍遥音乐节的主人家 BBC 交响乐团），少了很多节目。

逍遥音乐节不是我杯茶，除了那些"企位"之外，门票都不便宜；而且皇家阿尔伯特音乐厅音响不理想，地点位置不方便，最近的南肯辛顿车站也要走差不多二十分钟。如果撞上地铁的 severe delay（那条来往希斯路机场的蓝色线，

1　编注：指夏天时休息避暑。

信号故障比港铁严重得多，我常常受害，因为亚非学院和阿仙奴都坐落于蓝色线上），从地铁站跑去音乐厅赶开场的话，随时跑到虚脱，V 试过一次她最清楚。所以我只去了一两次逍遥音乐节，当作应节凑热闹。

暑假放完，生活精彩得多。一个星期之内，一口气看了三场音乐会，去了三次皇家节日音乐厅。两场爱乐乐团，指挥是沙隆年；另一场是伦敦爱乐，指挥是尤洛夫斯基。两个指挥都是各自乐团的总指挥，是信心保证。我认为两人都不输拉陶指挥的伦敦交响乐团。

叶建民教授说他在牛津的 Blackwell 书店留下了一吨腿毛，那么这个河岸旁边的音乐厅，也至少有我半吨腿毛和半公升口水了。我喜欢看音乐会，但有时候实在太累，难免不敌睡魔。听自己钟意的乐曲当然会精神亢奋，像马勒像贝多芬，听到毛孔扩张血脉沸腾。但如果听那些近代音乐家的作品，无论是大名如 Thomas Adès，或者是 Mark-Anthony Turnage，我通常撑不到半首就开始"钓鱼"。

我道行未够，每次听这些近代音乐总觉得一头雾水，听毕全首都听不出半句旋律，只听到不和谐的和弦碰撞，觉得不正常。我为自己的保守感到羞愧，我不只一次听近代音乐听到不耐烦，想拂袖离场。这个星期的头两场音乐会都以现代音乐打头阵，我来回梦境折返现实了好几次。特别是伦敦爱乐的那一场，是乌克兰作曲家 Valentin Silvestrov 的 *Eschatophony* 在伦敦首演。

"eschatophony"，字典查无此字，是作曲家从词语 eschatology（末世论）演变出来，想写音乐上的世界末日，写世界末日的声音。演出之前，尤洛夫斯基拿起咪高峰[1]讲解了差不多十五分钟，实在罕见，也可以想象音乐有多前卫，需要指挥事先解读。听了这么多音乐会，指挥拿起咪高峰讲解音乐还是第一次。

三场音乐会的最后一场，终于回归"正常"，是爱乐乐团演奏马勒的《第三交响曲》。今时今日我说"正常"，但回到十九世纪末马勒写这首乐曲的时候，当时的乐迷一样觉得马勒的音乐难以接受。一首近乎一百分钟长度的交响曲是离经叛道，如此庞大的乐团编制更是前所未见。一百多年之后，马勒的交响曲变成最受欢迎。音乐如此，世界也如此，很多事都没有永远标准，也没有什么不可改变、不可撼动。

1　编注：即麦克风。

波坦金战舰

　　最近看了两出经典电影，一是 1982 年的《银翼杀手》。在三十五年前幻想现在（2019 年）的世界，除了那些飞来飞去的交通工具之外，其他都幻想得非常准确：天气继续没有办法控制，电影里面几乎天天下雨；继续是可口可乐；还有最重要，2019 年的人依然看传统纸版报纸，这对于写报纸的人来说，真是可喜可贺。

　　另一出经典，在皇家节日音乐厅里看苏联电影《波坦金战舰》（*Battleship Potemkin*）[1]。电影是默片，放映同时有爱乐乐团现场配乐，指挥是俄罗斯两栖音乐家（钢琴家和指

1　编注：又译作《战舰波将金号》。

挥）——阿殊坚纳西（Vladimir Ashkenazy）。

曾经在香港看阿殊坚纳西指挥港乐，演奏浦罗哥菲夫
（Sergey Prokofiev）[1]的《第三钢琴协奏曲》，印象不太深刻。
今次换上爱乐乐团，表现好多了。毕竟现场为默片配乐绝不
容易，电影一开始播放，乐团就要演奏，一直到电影完结。
因为电影不会迁就乐团，播放了就不会加快放慢，只能靠指
挥掌握时间节奏，才能够配合得天衣无缝。八十岁的阿殊坚
纳西没有丝毫老态，整整七十五分钟的电影，跟音乐非常匹配。

《波坦金战舰》在 1925 年上映，导演是蒙太奇始祖谢尔
盖·爱森斯坦（Sergei Eisenstein），差不多一百年前的电影，
看起来一点脱节的感觉都没有。电影的故事发生在 1905 年，
波坦金号战舰上的士兵不断受到舰上军官压迫，只能够吃腐
烂的肉（电影中那块蛀满蛆虫的腐肉也非常逼真），苏联电
影当然是宣传社会主义的伟大，士兵受到压迫剥削而群起反
抗，将所有军官推落船。

此举得到附近港口人民的支持，却因而惹怒刻毒凉薄的
沙皇政权。沙皇军队入城屠杀，一排士兵骑着马，从奥德萨

1　编注：又译作普罗科菲耶夫。

阶梯（Odessa Steps）徐徐步下，杀死所有聚集的群众。这经典一幕，经典到全世界都以为这场屠杀真有其事，实际上只是爱森斯坦的想象。屠杀民众之后，沙皇继续追击波坦金号，就在海上短兵相接、战舰开炮驳火的一刻，沙皇战舰临阵倒戈，转投社会主义的怀抱之中，电影也就此完结。

故事桥段听起来有点荒谬，但要知道，这套电影最初在很多国家都是禁片，那个时候很多国家都是闻"左"色变，怕会牵动群众情绪，引发社会混乱，当中包括英国，一直要到 1954 年才在英国解禁上映。

《波坦金战舰》的配乐，最初由奥地利音乐家 Edmund Meisel 所写，但爱森斯坦不想电影过气，而保持电影历久常新的方法，就是每二十年重新配乐一次。1975 年，苏联政府庆祝电影五十周年，用上最最有名的音乐家萧斯塔高维契（Dmitri Shostakovich）的三首交响曲来编写配乐（俄国革命一百年，关于苏联政权之下的音乐，下文再谈）。而我今次看的最新版本，则扩大了篇幅，用了萧氏五首交响曲。电影落幕，音乐完结，全场都站立拍掌，非常激动。不过观众不是受了社会主义的感动，而是给乐团和指挥的表现所折服。Bravo!

革命在伦敦

　　2017 年是俄国"十月革命"一百年，伦敦乐界（特别是十月、十一月）也变得很苏联。爱乐乐团今个乐季的其中一个主题，是由阿殊坚纳西负责指挥的"革命的声音"（Voices of Revolution Russia 1917），上文写了此系列的其中一场音乐会，由乐团现场伴奏爱森斯坦的革命电影《波坦金战舰》；伦敦"一哥"伦敦交响乐团也选了爱森斯坦的另一出革命电影《十月》，在巴比肯放映和现场配乐；而最新一期《BBC音乐杂志》的封面，也是苏联作曲家萧斯塔高维契的大头。

　　在苏共时代的芸芸音乐家之中，萧斯塔高维契跟政权的关系最微妙。不像拉赫曼尼诺夫（Sergei Rachmaninoff）或浦罗哥菲夫，革命发生不久就离开家乡远走美国（浦罗哥菲夫最后在1936年回到俄罗斯,写了《彼德与狼》。只是后来给政府扣了"形式主义"的帽子,郁郁不得志之下在1953年跟史太林[1]同一日去世,也注定了他死后的葬礼无人关注,连一朵鲜花也没有)。萧氏在1917年革命之时才十一岁,他说当年列宁回到彼德格勒,他还去了火车站迎接这位革命领袖。

萧斯塔高维契跟苏共的关系非常微妙,萧氏的歌剧作品《穆森斯克郡的马克白夫人》最初广受好评,但史太林入场看完之后,批评作品低劣,是"Muddle instead of Music"(混乱而非音乐),及后又取消了萧氏《第四交响曲》的首演。萧斯塔高维契最后写了《第五交响曲》,紧跟路线:简单、贴地,创作所有人都可以欣赏的音乐。首演之后大获好评。

不过现在也有乐评人说,萧氏在《第五交响曲》之中,流露了一种空洞窒息的感觉,是一种无形的抵抗。爱乐乐团的特刊说:"萧氏一辈子都跟史太林玩猫捉老鼠的游戏。"这种捉迷藏,是当时从事文化的人都必须学懂的游戏。即使是后期的阿殊坚纳西,也因为娶了冰岛妻子而遭打压,最后逃

---

1 编注:即斯大林。

离来了伦敦。

除了音乐之外，伦敦这个城市本身也跟俄国革命有密不可分的关系，以前写过伦敦的百花里是列宁在伦敦时居住的地方（而对列宁影响深远的马克思也在伦敦写成《资本论》）。列宁断断续续在伦敦住过几次，每次都住百花里附近。我在那边至少发现过两块蓝牌，写着"Lenin Lived Here"。他喜欢到大英图书馆读马克思，吸收共产主义的精神。就在那个时代，作家吴尔芙夫妇、经济学家凯恩斯都在百花里喝酒喝咖啡，不知道他们有没有遇过列宁？那个时代的百花里，不就像上个世纪香港的深水埗桂林街吗？那时候的桂林街有钱穆有叶问有黄霑，一样高手云集。

还有个传闻，说明伦敦对俄国革命的重要：列宁跟史太林第一次见面，就在伦敦 Clerkenwell 附近的一间酒吧 The Crown Tavern，喝了一杯啤酒，谈了一下革命大计。看来也是时候，跟我两个朋友去那边喝一杯了。

在主教堂听马勒

英国乐评人 Norman Lebrecht 写的《为什么是马勒》(*Why Mahler？*)，副题本来是：How One Man and Ten Symphonies Changed The World（一个人和十部交响曲如何改变我们的世界），但台湾中译本的译者叶佳怡，干脆将副题译成"史上拥有最多狂热乐迷的音乐家"，有偷工减料、"悭水悭力"之嫌。不过，马勒有很多狂热乐迷，确是事实。

早几个星期，听完沙隆年指挥爱乐乐团的马勒《第三交响曲》之后，走出河岸旁边的音乐厅，有人在派单张，我隐约见到马勒的大头印在单张上面，好奇去拿一张。原来是一张英国马勒社团(The Gustav Mahler Society UK)的入会表格，该社在 2001 年成立，现任主席是夏丁（Daniel Harding）。

交了会费就可以参加社团活动,像讨论马勒交响曲的研讨会。

说起夏丁,不得不提一下这位俊俏的英国指挥。二十一岁就登场 BBC 逍遥音乐节指挥柏林爱乐, 做过拉陶和阿巴多的助手,现在是巴黎管弦乐团的总指挥。有次看阿巴多的纪录片,那时夏丁还是二十出头的黄毛小子,一脸稚气,现在他跟委内瑞拉的杜达美 (Gustavo Dudamel)、拉脱维亚的涅尔森 (Andris Nelsons),算是年轻一代中最杰出的指挥家。夏丁跟卡拉扬一样,都喜欢自己驾驶飞机。

除了马勒社团,最近还发现有伦敦马勒管弦乐团 (London Mahler Orchestra),在 2011 年马勒逝世一百年的时候成立,每年演出两次,乐手大部分都是大学或艺术学院的学生。伦敦马勒管弦乐团之前就在伦敦桥旁边的南华克座堂 (Southwark Cathedral) 演出马勒《第三交响曲》。

一个月内听两次马勒"第三",难免有所比较。我喜欢沙隆年指挥的马勒(沙隆年是我现在最喜欢最欣赏的指挥),听过"第一"和"第六"都精彩,今次听"第三"也不例外,听得非常快乐。乐评网站 Bachtrack 说,一百分钟的《第三交响曲》,沙隆年的演绎令观众毫不疲倦 (indefatigable and sure-footed guide)。不过,拿爱乐乐团的演出跟伦敦马勒管弦乐团比较实在不公平，一队是职业乐团，另一队是年轻乐手、拉杂成军。而且，演出场地本身也影响听音乐的经验。

在差不多一千年历史的南华克座堂中听古典音乐，看起来非常浪漫，但其实绝不合适。教堂隔音差，就算门外的博罗市场已经收档，但伦敦桥上的车声依然听得清楚。在教堂内演出大型编制的马勒交响曲，乐手超过一百人，教堂内大理石的墙壁和圆顶，令到声音不断回弹，听起来变成一堆声音乱飞乱撞。在马勒《第三交响曲》中最长的第一乐章，去到乐章最尾，马勒下了注释"Mit hochster Kraft"，即 with all possible strength（竭尽全力）的意思。在教堂内，几乎真的嘈到拆天。

教堂内也没有舞台，乐团和观众的距离近到可以有眼神交流。那个小提琴的副首席女生，整晚演出跟我不知交换了几多个眼神，我心想，虽然是人之常情，但你也太不专心了。

不过，见到个个乐手都穿得漂亮、表情兴奋，我不禁想起以前在读中学时参加管弦乐团的回忆。虽然演出有瑕疵，但胜在热情搭够，还算一场精彩演出。回到家，八卦看一下他们乐团的网站，原来每次演出都会招募乐手。我跟自己说，下次可以报名的话，是时候拿起我的单簧管，重出江湖了。

花甲之年

古典音乐杂志《留声机》（*Gramophone*）六月号的封面人物是芬兰指挥沙隆年，在网上看到封面一刻我就立即想买了，接下来我每天都走到诚品的杂志架，看看上架没有。等了又等，足足迟了半个月，以几乎英国原价的两倍价钱才买到这期《留声机》，真是皇天不负有心人。

沙隆年是我最喜欢的指挥，我常常都说，他和爱乐乐团其实不输伦敦爱乐。只是伦敦爱乐更有历史，而且近年有拉陶爵士的加持，才会在英国抢尽风头。如果客观一点，又或者沙隆年是英国人的话，他和爱乐乐团应该会更受重视。

英国人就是这样，就算早已经不是上世纪初的日不落帝国，那种大英主义至尊至上的思想在国民之中仍然挥之不去。马岳教授写他为什么讨厌英格兰国家队，其中一大原因就是英国传媒总喜欢疯狂吹捧自己人，那篇文章完全是正中红心、击中要害。像平庸到不能再平庸的球员，也可以写到个个跟戴志伟小志强一样厉害；然后好运入到四强，就说是黄金一代盛世降临，永远都罔顾事实。如果英国传媒能谦卑一点，大概英格兰队也没有这么令人讨厌。真抱歉，明明在写古典音乐，竟然扯到英格兰来，真是严重离题了，不过在过去一个月看英国传媒实在看到反胃，不吐不快。

说回沙隆年，一头白发一脸白须，散发一点沧桑的"佬味"，我有时候想，如果到我六十岁的时候可以跟他一样有型就好了。北欧简约风格是他的标志，以指挥来说，他的简约之处在于没有顶着一个像拉陶或梵志登一样的大肚腩，可以轻盈快步走出舞台。如果读者不谙古典音乐，不知沙隆年如何有型，不妨看看几年前他为苹果公司拍的 iPad 广告，据说不少女乐迷都是看完广告之后，受沙隆年所吸引而开始听古典音乐。

沙隆年的厉害之处，是他除了有指挥家的身份之外，本身还是作曲家，他是纽约爱乐乐团的驻团作曲家。在伯恩斯坦（Leonard Bernstein）和布烈兹（Pierre Boulez）之后，他是最出色的指挥作曲家了。

今时今日两栖的音乐家其实不少，但多数都是演奏和指挥的两栖（像巴伦邦和阿殊坚纳西），而且很多时候都"两头不到岸"，就像皇家爱乐乐团的首席客席指挥祖克曼，本身是小提琴家，但他的指挥实在不敢恭维。有一次看他一边演奏贝多芬的小提琴协奏曲，一边用琴弓指挥，看起来滑稽之余，听出来也非常混乱。

看过最深刻的一场音乐会，是沙隆年指挥爱乐乐团演奏史特拉汶斯基的《春之祭》，充满了力量的演奏，配合四名舞蹈员穿着火红的衣服在一片漆黑的舞台跳舞，营造出祭典一样的神圣。沙隆年一直以来都追求视听的糅合，那场演出也算是极致的表现了。

不入乐厅，怎知动听如此

连续写了几个星期音乐，本来想转转题目。例如来到冬令时间，时钟拨慢了一个小时，四点未够就天黑，人会抑郁，肚亦会饿，五点钟就觉得是晚饭时候。唯一解决方法是多买一两盏灯，自制日光。

又想过写一下伦敦的浪漫，近来个个女生都说，看完电视剧《短暂的婚姻》之后一定会爱上陈奕迅，都想在伦敦生活，想搬进 Paradise Road。走在伦敦街头，春天夏天有花有草，秋天冬天有落叶有飘雪，只要跟喜欢的人手拖着手，都会像戏里一样浪漫；就算不能够，幻想一下回忆一下也一样很好。不过，我最近看了几场音乐会，太精彩了，不得不写。浪漫的事，留在心里就够。

在伦敦听音乐的感觉是，胡乱入场都可以听到最顶级的音乐。我在几天之内，见尽巴伦邦、海廷克（Bernard Haitink）等等，喜欢不喜欢都好，都是乐坛大师级人物。最近跟一班刚来伦敦的留学生吃饭，我跟他们说，你们不入音乐厅听一两次音乐，实在枉来伦敦呀。然后，他们最常的反应是：怎样开始听？

古典音乐像无底深潭，我是业余乐迷，勉勉强强弄清楚一两个作曲家的音乐。要浸沉在音乐之中，别无他法，只有乱听乱试才能试出自己口味。像汤显祖在《牡丹亭》中所写："不入园林，怎知春色如许。"听音乐亦同样道理：不入乐厅，怎知动听如此？

我以前对柴可夫斯基没有很大兴趣，因为根本不认识，只知《天鹅湖》《1812 序曲》等"流行古典"。但前一段时间，连续两场音乐会都奏老柴的交响曲，一听就爱上。一场是伦敦交响乐团的新作——Half Six Fix，即六点半开场。一般音乐会都是七点半开始，十点前结束，经常有人投诉时间尴尬，音乐会前吃晚饭会时间太赶，而且吃饱就想睡觉。音乐会后才吃又太晚，会给音乐加上不必要的肚子打鼓声。

所以伦敦交响乐团今个乐季开始了六点半"早场"，打头阵的是刚上任的意大利首席客座指挥 Gianandrea Noseda（上一任是英国人夏丁），指挥老柴《第四交响曲》。早场音乐会，只演一首音乐，但在音乐开始前会有讲解，有点像伯恩斯坦在几十年前，在纽约卡内基音乐厅给青年人举办的 Young People's Concerts（在 YouTube 上有录影，可以趁伯恩斯坦诞辰一百年，再次欣赏他的风采）一样，即场讲解，即场示范。特别喜欢第三乐章开始时，弦乐一段急快的拨弦（pizzicato）旋律，当去到乐章最尾，又有一段由铜管乐模仿弦乐拨弦的那一段。伦敦交响乐团的乐手都厉害，把第三乐章奏得天衣无缝。

另一场音乐会，跟阿殊坚纳西一样，同时是指挥和钢琴家的两栖音乐家巴伦邦，带领西东合集管弦乐团（West-Eastern Divan Orchestra）演奏老柴《第五交响曲》，最深刻是最后第四乐章的铜管乐合奏，充满力量，听到就觉得热血。至于有关巴伦邦、有关西东乐团，还有很多故事要说，下文再谈。

音乐政治家

指挥杜达美原定来港率委内瑞拉的西蒙·玻利瓦尔交响乐团（Simón Bolívar Symphony Orchestra），一连五天指挥全套贝多芬交响曲，不过因为杜达美公开跟委内瑞拉政府对抗，给委国总统马杜洛叫停巡演，杜达美一夜之间成为英雄。

写音乐写得出神入化的邵颂雄教授，写了篇精彩文章《欢迎，杜达美》，写音乐跟政治的关系，还原这位年轻指挥的真实一面：杜达美的确天才横溢，但谈不上什么政治英雄。艺术与政治密不可分，音乐也不例外。但艺术家却不等于政治家，若要涉足政治，随时吃力不讨好。邵教授在文章开头提到的巴伦邦（Daniel Barenboim）就是好例子。

巴伦邦在今年的 BBC 逍遥音乐节指挥柏林国立乐团（Staatskapelle Berlin）演奏英国作曲家艾尔加的音乐。他在 encore 环节发表演说，一开始就话"不讲政治，而是讲关于人的事"（not political, but rather of a human concern），他是传统"左胶"，担心分离主义，所以音乐很重要，因为音乐超越政治，可以超越国界，就像德国的乐团可以演奏英国的音乐一样（当晚的表演戏码），不需翻译也可以沟通。

巴伦邦一直以来都不抗拒政治，甚至以音乐影响政治为目标。最近在伦敦看他指挥西东合集管弦乐团演奏柴可夫斯基的《第五交响曲》，这对西东乐团本身就极具政治意义。

西东乐团在 1999 年由巴伦邦和著名学者萨伊德（Edward Said）共同创立。巴伦邦是以色列人（他同时因为促进巴勒斯坦的文化交流而获巴国护照，据说是第一个拥有以巴两国护照的人），萨伊德则来自巴勒斯坦，而乐团的乐手都是以巴两国和其他阿拉伯国家的年轻人，旨在用音乐促进以巴沟通。巴伦邦说，他不是代表任何一面去游说对方，乐团也不可能促成两国和平，只希望两边人民可以多点互相了解。

乐团在欧美备受关注，但却不能登上以巴两国和其他阿拉伯国家的舞台，因为这些国家各不相让，认为乐团的政治中立等于认同现状，是一种将问题正常化（normalization）的表现。西东乐团究竟带来多少政治成效，一直都受到质疑。

但抛开政治，巴伦邦都是音乐界的大人物。七岁登台，十一岁时得到一代指挥福特万格勒称为"非凡人物"（a phenomenon）。即使在1999年的柏林爱乐乐团音乐总监选举中输给拉陶，他的两栖地位（钢琴家和指挥）仍然是世界第一。

不过，虽然"只是"七十五岁（以乐界标准应该是大熟大勇的年龄），巴伦邦却开始显露老态。在最近伦敦的演出，指挥时都倚在台上的围栏，指挥中途又示意第一排的小提琴手给他递上水樽，有点体力不支的感觉。巴伦邦为天下而忧，现在的政治气候难免令他伤心伤神，这就是涉足政治的代价。但我想，巴伦邦乐意担起这个任务，做个音乐政治家。

戴上指环的梵志登

由指挥梵志登带领的香港管弦乐团，从 2015 年的《莱茵的黄金》到今年的《诸神的黄昏》，四年时间终于将《指环》四部曲全部完成。说来不无可惜，之前三部上演的时候，人都在英国，没办法入场欣赏。今年年初难得身在香港，当然不能错过，一尝"指环"的魔力。

《诸神的黄昏》说的，就是男主角齐格飞给奸人所害，误喝一杯忘情水，忘记了爱情，引发一连串的报复。最后女主角布伦晓特投身火海，希望能解除指环的魔咒，并将天上诸神消灭，世界秩序也得以恢复。所以英国哲学家 Roger Scruton 说，《诸神的黄昏》的故事，就是一种从神到人的转移，从众神之神胡坦转移到齐格飞身上，将一切都带回人间。

《诸神的黄昏》是《指环》四部曲当中演出时间最长、参与演出人数最多的一部。傍晚六点开场，合共四幕演出、两节中场休息，完场的时候已经差不多半夜。在乐团演奏和歌手演唱两者之间，我从来偏重前者，近六个小时的音乐会，梵志登就像戴上了充满法力的尼伯龙指环，在指挥台上发挥最大的震慑力，乐手整晚音乐会都充满力量。乐曲时间愈长，对于指挥、乐手而言，保持专注就是最大的考验。

　　相较于乐团演出，前后十三名独唱歌手的水准，似乎没有乐团一样稳定。或者说，有些歌手明显水准较高，像声演哈根的 Eric Halfvarson、像饰演华特洛缇（布伦晓特的其中一个女武神姊妹）的 Michelle DeYoung。

　　见到 Michelle DeYoung 有一种格外的亲切，上年在伦敦南岸，看爱乐乐团演出马勒《第三交响曲》，在第四、第五乐章演唱的就是她。说回《诸神的黄昏》，打头阵、在序幕出现的三名命运女神，似乎没有进入状态。特别是第二女神，好一段时间，声音像给音乐厅的空间吸收了一样，几乎听不到她唱什么。

　　完成《指环》系列是一大创举，对港乐本身的发展来说，也树立了一个里程碑。看看乐季的其他节目，像余隆指挥马勒的《大地之歌》，同样值得期待。

除了港乐的《指环》，最近还有国际室内乐音乐节，我听了《贝多芬的一生》那一场。当然是为了贝多芬钢琴三重奏的作品 97 号、即"大公"而听。从新的湾仔码头行去演艺学院，爬了好几个路障和水马才走得到。湾仔会展附近一带大兴土木，将行人赶尽杀绝。

相比起一大队的管弦乐团，小型的室乐演奏我少听。上一次是在伦敦霍本的康威中心（Conway Hall），也是听"大公"。门票十镑，去到才发现原来只要 26 岁以下就可以免费入场。为什么要吸引 26 岁以下的青年人入场？

因为在场的观众，目测一下，平均年龄 84.3 岁，实在有年轻化之必要。中场休息的时候，跟在公公婆婆后面，排队买杯苹果汁。这是他们的生活日常。那一晚的三重奏音乐会，永远都深刻难忘。

独乐乐，不如读乐乐之乐

　　看一本书，试过好看到要把书"掷下"吗？李欧梵教授说，在读邵颂雄的《乐乐之乐——巴赫〈郭德堡变奏曲〉的艺术》（牛津大学出版社）时，"数次掷'稿'而惊叹作者造诣之高"。或许李教授夸张了点，但没有掷书"数次"，我想也至少掷过一次。而我在读这本书时跟李教授相反，不舍得放下半秒，因为太过精彩停不下来。

　　首先要谈的是这书书名。读书之前，至少要懂得怎样去读出正确书名。不是吗？读者若果想买一本《乐乐之乐》，在书店找不到，问职员这书放在什么地方的时候，连书名也读错，职员又怎能帮你找到书呢（当然，我想职员大概也未必读得准确）？书名三个"乐"字，按作者语，各有不同读音。

第一个"乐"读成"敬业乐业"的"乐",解作爱好、陶醉;第二个"乐",是"音乐"的"乐";最后则为"快乐"之"乐"。懂得读书名,也就自然明白书名之意。

从书名的副题"巴赫《郭德堡变奏曲》的艺术"可知,整部书都是围绕"音乐之父"巴赫(J. S. Bach)所写的《郭德堡变奏曲》(*The Goldberg Variations*)而作。全书分为三个部分,第一部分是全书的核心,由巴赫的简介到巴洛克时期音乐的社会背景都有触及,完全将《郭德堡变奏曲》剖析得一清二楚。特别是讲述到整首曲的结构时,整曲背后所隐藏的数字密码,是令人惊叹的精密,巴赫能够将密码隐藏在乐曲之中固然是神乎其技,但能够将其解密(decipher)其实也同样是天才。我抛珠引玉,稍稍引述一下。

《郭德堡变奏曲》全曲分为 32 变奏,其中的 28 个变奏都是由 32 个小节组成。要为整首乐曲分段分节的话,整曲可分为 2 大段,同时亦可分为每 3 首变奏为 1 组,合共 10 组(撇除全曲首尾 2 首咏叹调),每组包括舞曲、触技曲和卡农三种曲式。可以见到,全曲的结构,都是充满着 3 和 2 的交织,3 乘以 2 是 6,6 是神学意义上的完美(上帝以 6 天创造世界),以当时巴赫身处的神权时代,作为虔诚信徒,巴赫将这样的数字密码镶嵌在乐曲之中，饶有意义。

邵教授在书中另有拆解"14"和"41"在巴赫音乐中的意义。这样的密码隐藏于结构精密的乐曲之中，就像今天看"彼思动画"（Pixar Animation）时，总会在一些微不足道的地方见到"A113"这密码一样，非常有趣（据说A113是加州艺术学院教授绘画动画的课室）。作者能够在今天，如此清晰向普罗大众拆解此等密码，巴赫泉下有知，一定十分欣慰。

书的第二部分，则将乐曲逐个变奏作乐谱上仔细的分析，将巴洛克时期音乐的其中一个特色——"多声部"清楚呈现，找出音乐的主线。最后一部分，则是作者精选出32个由过往到现在（又是32！），曾经演奏过《郭德堡变奏曲》的不同演奏家的不同版本，作出比较。

一首《郭德堡变奏曲》全曲大概一个小时，不同演奏家又有过不同年代弹奏的版本，就像演奏此曲最最出名的顾尔德（Glenn Gould），就有六个演出的版本。而邵教授对不同演奏家的不同版本的分析，绝非侃侃而谈。

介绍完书，当然要介绍一下作者。邵颂雄教授主要研究的是佛学、东方哲学，过去曾写过《不败尊者说如来藏》《决定宝灯》等。至于音乐，则是他最心爱的一件事。所以《乐乐之乐》最精彩的地方，在于邵教授将他的专业——中国思想，配合他对《郭德堡变奏曲》的熟悉，完美糅合而不做作地写出两者双通的地方。例如他将中国的"留白艺术"，用作理解巴洛克时期音乐的"非连奏"（non-legato）的弹奏方法，对于一众弹过巴赫音乐的读者，一定会有豁然开朗之感。过往钢琴老师可能再三强调"不可连奏"，但从来都没有很好的理解，老师最多只说是巴洛克时期的键琴不能做出"连音"效果，却忽略了当中的"音乐性"。

一个"外行人"，源于一份纯粹对音乐的兴趣、热诚，没有什么"学术的责任、重担"之下，写出如此精彩的专书，其实跟作者在书的第三部分所介绍的其中一位演奏家——俄罗斯钢琴家基普尼斯（Igor Kipnis）一样。基普尼斯从小喜爱音乐，但在三十多岁才第一次登台演出。因为他一直希望在电台工作，大学时读社会关系，跟音乐无甚关系。当他在电台工作时，机缘巧合下为当地乐团担任伴奏，孰料一鸣惊人，从此走上演奏之路。

读此书时，无论是精彩到掷书，抑或不舍得放手都正常不过，特别是对今天一众"学习音乐"的学生而言。我是当中的过来人，今天学习音乐的人，十之八九都是"为势所逼"，为的是要"赢在起跑线"，多一技傍身，好让在面试入学时多样武器，击退跟你竞争入学的对手。学习音乐为的是考级升 level，跟"打机"其实无异，考到八级演奏级，就以为"无敌是最寂寞"，转"玩"另一种乐器，然后重复同样的路径。家长花费大量金钱逼小朋友学乐器、小朋友因受逼而讨厌古典音乐、古典音乐无辜成为被憎恨的对象，这是社会的现实，也是社会的扭曲，改变社会的扭曲是近乎不可能的任务，因为扭曲早已成为社会的常态。但读完此书，或多或少可以改变心态。一边读着邵教授的著作，一边唤起那些年放学后辛苦学琴的时光，为何当时的感觉是如此"辛苦"？今天读着当时用手弹过的音乐的背后故事，原来有如此大的趣味，为何当时完全忽略？当年弹奏不同乐曲，什么巴赫萧邦莫札特，对当时的我来说，完全没有关系，因为都是苦差、都是"被逼"的结果。但原来音乐是可以暗藏密码，原来乐谱上的每个小小记号，都有过不同人的争论和考究。

从前除了做功课之外，最讨厌就是"练琴"。因为从接触琴键的一刻，我就知道我是为了考试而弹，在谁都只想快快毕业的年代，没有人喜欢考试。但今天读着此书，看见乐谱的分析，尽量去看懂谱中的真正信息，不知不觉间有坐上琴凳的冲动。我想这是对音乐的"开晓"，也是对音乐开始有点真正的理解。

邵教授的另一本写音乐的书——《黑白溢彩》，同样写得精彩，写二十世纪俄国钢琴家荷洛维兹（Vladimir Horowitz）的故事。当中讲到荷氏十一岁时，请教大师史克里亚宾（Alexander Scriabin），大师听完他的演奏，没有评论他的技巧，只向他说要多读书、多听其他人的演奏，因为要学懂音乐，必先要有好的学养，因为"钢琴家虽多，有文化的却很少"。

今天懂弹琴的更多，真正懂得琴的却同样没有几个。

喝威士忌，不如读威士忌

村上春树写过本书叫《如果我们的语言是威士忌》，十个书写威士忌的人，十个都总会提提书名，仿佛这样才算识字、才算懂得威士忌，就像祈祷总要最后讲"阿门"一样，不叫不灵，不写就是文盲酒痴。不过更重要是说明一个道理：威士忌不是大叔的玩意，因为村上春树也喜欢威士忌，像古典音乐、像爵士乐一样，都是文青的玩意。

因为我们的语言不是威士忌，所以喝完一杯威士忌，要扭尽六壬去形容那杯酒，什么"旧皮鞋的味道"、"烧过的橙皮味"、"湿了水的纸皮箱"，要多仔细有多仔细，要多夸张有多夸张，几乎用尽毕生所学的形容词去形容那杯中物。就算不谈味道，从威士忌的原料到制作、从蒸馏器设计到不同木桶的分别，每样都是大学问。所以苏格兰有大学的本科课程，三年只读酿酒和蒸馏，毕业之后是"专业人士"，是酒厂的人才库。

所有事物都有大学问，但这些学问是否有人关心有人钻研，关键在于这些事物受到关注的时间长短。这个年头，潮流来得快去得更快。香港人是这种即食文化的表表者，事事一分钟热度，阿果兄也写过不少。看看威士忌，热潮早已来了好几年。从日本电视剧《阿政》开始（是日本威士忌 Nikka 创办人竹鹤政孝将威士忌从苏格兰引入日本的真人真事），余市、山崎等日本威士忌价格翻了几倍，到现在仍然居高不下。威士忌在香港，似乎开始扎根，就连在香港与红酒画上等号的前高官唐英年，之前也说"吃花生送威士忌"。

不只在香港，威士忌在全世界都火热。看《银翼杀手》（*Blade Runner*），2049 年仍然喝 Johnnie Walker；看电影《斯隆女士》（*Miss Sloane*），说客 Elizabeth Sloane 是女强人，又狠又辣，除了要食药减压，还会喝一杯 Lagavulin；看《肥伦今夜秀》（*The Tonight Show Starring Jimmy Fallon*），"福伯"

夏里逊福（Harrison Ford）[1]做嘉宾，主持人 Jimmy Fallon 知道福伯喜欢 Scotch Whisky，带来一支名字难读的苏格兰威士忌，名叫 Bruichladdich。还有很多的例子说明威士忌大热，就在我们一边喝一边炒卖的同时，也是时候开始谈个中学问。

威士忌早在十四、十五世纪开始就有历史记载，最初出现的是单一麦芽威士忌（Single Malt Whisky，也是现在最受青睐的一种威士忌），只用三种原材料：水、麦芽（malt）和酵母（yeast）。麦芽即是发了芽的大麦（barley），大麦是农作物，所以农业收成直接影响威士忌的生产。

举两个例子：十八世纪就试过因为大麦失收而令到酒厂暂停生产；十九世纪又试过因为法国有瘟疫虫害，葡萄失收，影响到用葡萄酒蒸馏而成的烈酒白兰地（brandy）的生产，市场因而转向消费同为烈酒的威士忌，令到威士忌需求大增。威士忌几百年来起起跌跌，都同农业有关。这两段文字牵涉不少历史学问，读者可能觉得艰涩难懂，但威士忌本来如此。

威士忌不像红酒一样，早已建立一套很 well established、有标准有制度的知识基础，你想"学红酒"，去考一个

1　编注：又译作哈里森·福特。

WSET（Wine & Spirit Education Trust）资格就可以（WSET也包括学习烈酒，而威士忌是芸芸烈酒之一）。但相比红酒的发展，威士忌一直以来都起起伏伏，有时大卖、有时完全没人喝，最好境的时候，一个苏格兰的小城镇、只住四千多人的 Campbeltown，可以同时有三十多间酒厂，到今天只剩三间运作。因为行业如此起伏不定，衍生出来的威士忌教育也一直未有好好建立。

我在苏格兰认识了 Kirsty McKerrow，她是爱丁堡威士忌学院（Edinburgh Whisky Academy，简称 EWA）的创办人，现在跟她弟弟 Ian McKerrow 一同营运学院。她想将威士忌变成专业："我爸爸（曾经担任酒厂格兰杰 Glenmorangie 的 CEO）以前在酒厂工作，祖父辈是其中一间调和威士忌（blended whisky）的创办人。我在一个威士忌的家庭长大，但在我想学习什么是威士忌、威士忌历史等等的时候，我找不到书本、找不到教材。"现在有互联网，有关威士忌的资讯多得离谱，但最要命的是这些资料孰真孰假无人知晓。一时有人信誓旦旦警告喝威士忌不需要像喝红酒一样摇杯，一时有人说威士忌所用的麦芽至关重要，要"黄金麦芽"（Golden Promise barley）才能造出上好威士忌。

无论是威士忌"初哥",抑或是资深饮家,很多对威士忌的见解都像宗教,都是因为"信"和自己的感觉,各有一套。Kirsty 在开办学院之前,是雅柏(Ardbeg)和格兰杰在北欧的品牌大使,要四出宣传,跟很多人接触。她说:"我以前经常遇到其他行家,他们都一样觉得威士忌这行业无路可循,只能自学。坦白说,我很奇怪没有人做主动,成立一间威士忌学院。"对品牌来说,教育是重要工作,只有这样才可以令到市场持续发展(sustainable),但当整个行业在市场上升的时候,没有人愿意放弃半点赚钱的机会,去贡献这个行业,宁愿等待坐顺风车(free rider)。

　　就这样,Kirsty McKerrow 在爱丁堡成立了威士忌学院,广邀不同酒厂老行专,开始教育工作。开学校、办课程,最难的是找人去教。"我要找一些在这一行有地位的人,但要他们已经脱离酒厂联系,又要有空授课,非常困难。"学院成立两年,主打课程是单一麦芽威士忌文凭(Diploma in Single Malt Whisky),得到苏格兰认可资格(Scottish Qualifications Authority)的认可。接下来还会开办调和威士忌和品饮的课程。

　　读一个文凭,要去爱丁堡近郊的一个古堡上两日课,考试三个小时、答七份卷，每份卷要取得 65% 以上分数才算合格、才能毕业，一点也不儿戏。"因为学院得到当局的资格认可，所以一定要有相应的水平。很多参加课程的人都是不同威士忌品牌所赞助的员工，他们很多都是这一行很资深的人，他们都觉得课程有用，学到很多未听过的知识。而且他们来自不同国家，有在美加、北欧造威士忌的人专程来学法，也有来自亚洲的人飞半个地球来上堂。"Kirsty 说全个课程的教材总共几百页，都由专业人士所写，内容都有根有据（factual grounding）。

在威士忌这一行业，虽然相关教育才刚刚起步，但却专业得很。如果在苏格兰参观酒厂，那个带领我们在酒厂参观的导游，随时是什么化学博士，读完博士之后来酒厂工作，成为一辈子的专业。在我有限的酒厂参观经验中（也去了数十间酒厂），就至少遇过两位"学者"。

威士忌是一个非常有趣的行业。酒厂与酒厂之间的关系好得出奇，虽然是直接竞争者，但可能以前经历过太多起跌，明白到整个行业的生态，是"心连心、同呼吸、共命运"，如果其他烈酒兴起，整个威士忌行业都会下沉，无一可以幸免。

苏格兰威士忌分不同产区，其中一个产区是艾雷岛（也是村上春树那本游记所写的小岛。对，又是村上……），小岛只有三千人，但有八间酒厂，出名造烟熏味浓的酒（上面提到的几个品牌，Ardbeg、Bruichladdich 和 Lagavulin 都来自这个岛）。岛上长年风雨，接近与世隔绝，从地图看，从岛上出发一路向西边航行，可以直接飘浮到加拿大。岛上的酒厂，大部分都生产烟熏威士忌，瓜分同一个市场。但酒厂之间关系密切，一间酒厂出现问题，其他酒厂就会自动伸出援手，非常有爱。

威士忌的有趣之处，就是制造威士忌（单一麦芽威士忌）的方法简单，不同酒厂都用看似同样的原理和工序，但最后造出来的酒却可以非常不同。当中牵涉蒸馏器的形状大小、用来将酒熟成的木桶分别、熟成时间的长短等等，非常复杂，也因此像无底深潭，永远学不完。Kirsty 说，学院长远的目标，是将课程推向世界各地，明年首先去到加拿大，然后希望可以踏足亚洲，香港和新加坡都是目标之一。

不过，说到底，威士忌始终用来饮用，但威士忌是烈酒，多喝伤肝。我在另一个课程 Whisky Ambassador 中学到一句说话（除此之外，其他都忘得七七八八）：Drink Less, Drink Better.

喝的是工艺精神

两年前去台北书展采访，误打误撞还给我打开了喝威士忌的大门，从此就爱上威士忌。

那次除了采访台北书展，还去了华山文创访问策展人。访问之后当然也逛逛展览，碰巧很有名的威士忌品牌 Johnnie Walker 策展了一个什么"工艺之旅"的摊位，这些公司的公关真厉害：一间英式布置的房间，外面看就像 Johnnie Walker 的酒瓶，里面播着苏格兰的风笛音乐，最重要是桌上一小杯经典的黑牌，和杯里面一颗又圆又通透的冰球，琥珀色的威士忌倒在冰球之上，那声音和温度都立即将台湾变成苏格兰。然后从台湾回香港，在机场买了自己的第一瓶威士忌。

几乎所有人写威士忌，都要讲讲威士忌的基本分类，我也尝试清楚交代一下：所谓 Single Malt Whisky，就是用发了芽的大麦作酒的原料。Single 的意思是一间酒厂（不是单一酒桶 single cask），所以喝到一杯 12 年的 Single Malt Whisky，意思就是一间酒厂用他们不同年份所蒸馏的酒，根据配方调配出来。12 年只是这配方中最年轻的成分，所以这杯 12 年威士忌中，成分随时有 30、40 年的酒。

　　威士忌有 Single Malt，也有 Blended Whisky（调和威士忌）。Blended 的意思就是不只限于一间酒厂，那个调和品牌的调酒师傅会用不同酒厂的酒调和混合出一款威士忌，而且这些酒本身也不一定用麦芽作原料，也会用到粟米或黑麦（rye）等其他谷麦（grain）。我人生的第一口威士忌、那杯 Johnnie Walker Black Label 就是 Blended Whisky。

　　那么为什么要喝威士忌？ Richard Sennett 写的《工匠》（*The Craftsman*），讲工匠技艺的价值如何成为生活态度。他说寓生活于技艺：工艺透过长时间的反复练习，甚至可以学懂跟人相处。因为 Richard Sennett 说人与人之间的相处跟做手工艺一样，会在过程中面对不同难处，长期实习就可以化解这些难关。工艺所强调的是手艺、时间，而这些条件都不能给机器取代。

而威士忌的可爱之处，就在于酒本身所承载的工艺精神。去酒厂参观，看威士忌的制作过程，见到工人（当然也有很多机器、电脑的帮助）的参与，将一粒粒的麦芽，从磨碎到蒸馏变成酒精，再装入酒桶进行熟成，一个个酒桶写上蒸馏的年份和桶的编号。这些都是工匠精神的印记。

所以喜欢威士忌的一定要参观酒厂，只有亲身看过酒的制作，才能感受到酒的工艺。只要参观过酒厂、试过近距离观察威士忌的生产，再喝一杯同样的 12 年 Single Malt，你肯定会尝到更多的味道。

哪里还有奥威尔的脚毛

人们常说伦敦多雨大雾，说伦敦总依恋雨点。但在这边住了一段日子，在伦敦见到蓝天的机会比香港多，而伦敦的天空也比香港要高要阔，抬头望天不时都见到多过一架飞机飞过。大概是伦敦高楼不像香港的密集，没有将城市困住，没有将天空拉近。

走遍百花里，几乎没有一幢建筑物高过十层，除了大英博物馆后面的议会大楼（Senate House）。这幢十九层高的大厦是伦敦大学总部，于 1937 年建成。因为二战爆发，学校停课，政府征用大厦作为信息部（Ministry of Information）的总部，负责二战期间的新闻审查。在 2016 年 9 月，亚非学院进驻了议会大楼的北座，作为新校舍。

这幢大厦还跟英国大作家奥威尔（George Orwell）有密切关系，奥威尔的妻子曾经在二战期间于信息部工作过。而他小说《1984》里面的真理部（Ministry of Truth），就是以议会大楼作为蓝本。"这是一个庞大的金字塔式建筑，白色的水泥晶晶发亮，一层接着一层上升，一直升到高空三百米"（董乐山译），这根本就在形容议会大楼，奥威尔只是在小说里面，稍稍自行在大厦前面的大理石上加上用"漂亮的字体"写成的：战争即和平 / 自由即奴役 / 无知即力量，信息部就变成了真理部。

最近去了奥威尔写《1984》的地方，是苏格兰的小岛朱拉岛（Isle of Jura）。奥威尔说 Jura 是最难去的地方（the most ungetable place），只有二百人左右住在岛上（冬天应该更少）。据说 Jura 的意思是 Deer Island（鹿之岛），也实在名不虚传，*Lonely Planet* 说岛上面的人鹿比例是一比三十，即有大约六千只鹿。除此之外，岛上还有一间威士忌酒厂和一间酒吧，仅此而已。难怪奥威尔在这里可以专心写出巨著，因为除此之外，根本无其他事可做。

要去 Jura，要从我常常提到的威士忌小岛艾雷岛搭渡轮前往。不大不小的渡轮主要是载车横跨两岛，每次可以运载六七辆车。两个小岛距离很近，十分钟就到。上到小岛之后，只有一条单程小路，我跟同行的人说，修一条路是否很昂贵呢？既然都铺路了，为何不能铺成双程路呢？话未说完，车才开了几分钟，竟然撞着修路，据说修路是小岛的年度盛事。修路工人将新的沥青铺上，因为全岛只有一条路，所以只能乖乖等候，等了半小时才获放行。

　　去到 Jura 没办法去奥威尔的故居（Barnhill），因为时间不够，也没车可到。上网找了资料，开到最近处下车，之后至少还要走四英里路才能到达。岛上的人跟我说，那个小屋没有特别，不去也罢，而且现在是私人地方、有人居住，不要在路上见到几条脚毛就以为是奥威尔的。岛上的人口音重，这是我半听半估所得到的答案，也是我最大的安慰。

　　去不成故居，唯有到 Jura 的酒厂走走。内地作家胡洪侠是《1984》的收藏家，据说收了全世界几百个版本，包括由王鹤仪翻译的第一本中文译本。Jura 酒厂在 2014 年推出了一支 30 年的威士忌（即 1984 年蒸馏、2014 年入樽），命名为《1984》，限量 1984 支。不知大侠有没有收藏这支酒呢？

村上春树的威士忌

连续啃了两本学术书之后，伸一个懒腰，奖励自己继续留在书房，读村上春树的《刺杀骑士团长》。小说一二两部合共 800 多页，转眼就读完，如果读学术书有这样一半速度就好了。

村上的小说，总有古典音乐，像《海边的卡夫卡》的贝多芬"大公"，像今次新小说里面的李察·史特劳斯歌剧《玫瑰骑士》。所以唱片公司每隔几年，就会推出什么"村上的古典课"之类的古典杂锦 CD。不过，这门生意在串流音乐 App（像 Spotify）出现之后变得毫无价值。因为在 Spotify 中，可以自行制作播放列表（playlist），找回小说里面乐曲的指定版本，就像今次的《玫瑰骑士》，听萧提爵士指挥维也纳爱乐乐团的版本，才算玄门正宗原汁原味。

除了古典音乐，村上春树的小说还有威士忌。这两种元素是村上写小说方程式的常量（constant），与其说两者必然会出现在小说，不如说是音乐和酒将故事连结起来。村上本身当然是个 hard core 的威士忌迷，上个世纪九十年代就去艾雷岛写游记。所有人都喝白兰地或调和威士忌的时候，他很早就喝 single malt（跟大家温习一下：单一麦芽，即一间酒厂以麦芽为原料制造的威士忌）。不过在小说中，村上小说的角色们一向都喝得随便，最常提到的只是便宜调和威士忌 Cutty Sark（如《1Q84》《听风的歌》）。

在《刺杀骑士团长》，喝得最多的是另一款调和威士忌 Chivas Regal。有位报纸老前辈还算眼利，找到书中的一个错误，他说"繁体字译本居然把 Jura 译成艾雷岛实在有点张冠李戴之弊"。错是错了，不过不是翻译的错，而是编排的错，前辈的"指正"也一样张冠李戴。

事缘发生在第二部的 113 页，我找 K 这个日本通帮我从日本原文中求证。艾雷岛是没有错，错的是把"Isle of Jura"这个注脚落错位置。正确的话，应该落在下两行的"汝拉岛"旁边。其实想一想，村上春树的艾雷岛游记，也是由赖明珠翻译，如果以为赖明珠会弄错地名，也未免太过少看翻译了吧。

前辈那篇谈村上的文章还如此写道："其中提得最多的是最爱喝的苏格兰威士忌包括 Single Malt Whisky，小说角儿们有什么紧要的话说，有什么难解的谜都免不了来一杯 Scotch。"懂酒的人，一看就觉得怪。如果我将这句说话的威士忌改成红酒的话，你就明白有多怪了："其中提得最多的是最爱喝的法国葡萄酒包括 red wine。"老前辈看来最近好酒，去一转苏格兰、访了艾雷岛和高地等等，写了几篇游记之后，就连专栏的名字也改成一副专家模样。不过从这些文章看来，前辈还是威士忌初哥。

早两个月我写了一篇爱丁堡威士忌学院的创办人访问，当中写到"现在有互联网，有关威士忌的资讯多得离谱，但最要命的是资料孰真孰假无人知晓"，指的就是这个意思了。

100% 艾雷岛

　　早阵子有人发起众筹，想在全香港 18 区办 18 份地区报纸，每个社区每月出版一期，自负盈亏。写自己社区的新闻，卖自己社区的广告。

　　其实几年前在中文大学读书时，我们一班同学也试过做地区报，选了中大附近的大埔区，出版了两期《埔纸》，报道过大埔林村树屋计划、区内单车位长期空置等社区问题。

　　说到地区报纸，我想起一份属于苏格兰艾雷岛和朱拉岛两个小岛的地区报纸，叫作 *Ileach*——这个牛津字典也未必查得到的字，来自苏格兰语里面的盖尔语（Gaelic），意思是艾雷岛的或艾雷岛人；至于如何读这个字，实在很难形容，你有兴趣知的话我亲口读给你听。这份 *Ileach*，每两星期一份，卖 1.3 镑，岛上面的几间小店或者是来回小岛和苏格兰大陆的渡轮上都有得卖。

小岛这份廿多页的报纸什么都有，报道岛上发生的大小事，例如讲一下岛上的水浸问题；同时也有"文化评论"和"体育新闻"，像新书书评，或岛上足球队的最新战报。社区报纸要独立经营，最重要还是广告收入，*Ileach* 上面的广告，要么是岛上酒厂的宣传，要么是岛上"通渠王"的紧急电话，非常本土，是 100% 属于艾雷岛的报纸。

小小的艾雷岛，数数手指我也去过五次，比去南丫岛还要多。岛上只有几千人，他们彼此都认识。身在同一岛上，有福同享有难同当，他们之间非常有人情味。就算是岛上的八间酒厂，明明应该是竞争对手，关系也好得出奇（第九间即将投入生产，不过法例规定，蒸馏出来的酒精要在木桶存放三年才可以叫作威士忌，要喝第九间酒厂的威士忌，还要等好一会儿）。

经营民宿和农场的富户 Isobel 跟我说，岛上的人没办法不紧靠一起，就像他们去到冬天，基本上不接待游客，不单因为天寒地冻，而是小岛日常用品食材都靠渡轮运送。一到冬天，渡轮随时因为大风大浪而停航，因此会没有食物，游客也会因为没有渡轮离开而滞留岛上。更不必说小岛会因为大风而停电，没电就没有热水。岛上的人都要互相帮助，才可以度过每年的冬天。

说艾雷岛，不得不谈威士忌。岛上有八间酒厂，但要真正喝一杯从原料到装瓶都属于艾雷岛的酒却不容易。岛上酒厂大部分都会用本岛（苏格兰或英格兰大陆）生产的大麦，也会将装满酒的木桶运去本岛存放熟成。但岛上最小最年轻的酒厂 Kilchoman，有一个独特酒款名为 100% Islay，他们自己种植大麦，在酒厂存放，也自行装瓶，从头到尾都在岛上生产。去不了艾雷岛，也可以在酒吧点一杯 Kilchoman 100% Islay，上网看看 *Ileach* 的新闻。这一样是 100% 的艾雷岛体验。

威士忌盛世

　　苏格兰威士忌的麦卡伦（The Macallan）是酒厂之王，所以威士忌界传奇人物 Michael Jackson（此 MJ 并不懂得 moonwalk）曾经说，老麦是威士忌界中的劳斯莱斯。不过，如果米高大哥今天还在人间，有机会去麦卡伦最近开幕的新酒厂参观一下，他应该会说麦卡伦酒厂是威士忌中的迪士尼乐园，因为酒厂跟主题乐园一样大得夸张。两年前，新酒厂还在兴建的时候，我从苏格兰格拉斯哥开车到高地及斯佩河区（Speyside）一带参观不同的酒厂。

　　苏格兰威士忌的五大产区之中，所谓的高地和斯佩河区其实很难分开，因为斯佩河本身就在高地旁边。就像麦卡伦，酒厂坐落在斯佩河北面，一般人都把麦卡伦当成斯佩河区的酒厂，但在麦卡伦自己的酒标上，却大大只字写着"Highland Single Malt Scotch Whisky"，所以也不用分得这么细致了。

我去到麦卡伦的时候，酒厂范围还在大兴土木，厂房和酒窖几乎一望无际，我在临时搭建的顾客商店转了一圈就离开了。现在新酒厂开幕，报道说厂内一共有 36 座蒸馏器。相比一些现在仍然由家族持有、经营的小酒厂，像艾雷岛上的 Kilchoman，细小的酒厂只装上两座细小的蒸馏器。如果 Kilchoman 是大黄蜂，麦卡伦就是柯柏文[1] 了。

苏格兰高地的景点散落不同地方，而且没有公路，所以每次从一个景点走到另一景点，都需要很长的交通时间。难得在麦卡伦附近有一间小旅馆，名叫 Highlander Inn（高地旅馆），不去不可。这间小旅馆里面的酒吧，是上面提过那个不懂 moonwalk（太空步）的 Michael Jackson 最爱的威士忌酒吧。现在负责打理这间旅馆和酒吧的人来自日本，名叫皆川达也，他是今天威士忌界响当当的人物之一。

现在是威士忌的盛世，酒商财团不断投资，不少曾经消失了的酒厂都得到复活，同时有无数酒厂正在新建当中。这

1　编注：《变形金刚》中角色擎天柱（Optimus Prime），港译柯柏文。

些酒商决定兴建新酒厂，多少代表威士忌的热潮还会持续一段时间，因为酒商决定投资建厂，必须要对前境有非常乐观的预测。未计算酒厂兴建的时间，由蒸馏出第一滴酒精、到最后可以装瓶卖威士忌就至少需要三年时间（因为法例规定，苏格兰威士忌必须在橡木桶熟成存放至少三年）。

像艾雷岛上的 Port Ellen 酒厂，1983 年就已经停止生产，之后变成将大麦发酵的麦芽工厂。以前每年四月一日都有"假新闻"说酒厂将会复活，孰不知在去年十月，酒商真的宣布了复活计划，预计 2020 年重新生产。

除了有酒厂复活，全个苏格兰还有数以十计的酒厂正在不同角落兴建中。其中一家就在格拉斯哥附近、属于低地（Lowland）产区的艾高旺酒厂（Ardgowan Distillery），名字又高又旺，几乎以为酒厂是中国人开。低地酒厂不多，而且普遍生产出来的威士忌味道都偏轻偏淡，闻说艾高旺会生产烟熏味浓的泥煤威士忌，这对威士忌迷来说绝对值得期待。

炒炒卖卖麦卡伦

　　苏格兰威士忌品牌麦卡伦的新酒厂最近开幕，一共三十六座铜制蒸馏器的厂房也实在壮观：每十二座蒸馏器围成一圈，总共分成三大组，我参观过大大小小不同酒厂，都未见过如此大的规模。

　　在斯佩河旁边的麦卡伦为了庆祝新厂开幕，推出了一款限量 2500 支的威士忌即场发售。麦卡伦也真的够厉害了，发售当日有三百多人一早在酒厂门外通宵排队，BBC 报道说当地警察要把酒厂附近的一条道路（也是唯一一条）封闭。香港人习惯排队，可能觉得"三百多人"不外如是，但放在平常人影也不多一只的苏格兰高地，这三百多人已经足以把附近一带完全瘫痪。

这支限量酒有多好喝，我不知道（也大概没有机会知道），但如果抢得到这瓶威士忌的话，那就肯定可以赚不少了，没有任何悬念。这也是为什么这么多人愿意捱更抵夜、山长水远开车到麦卡伦排队。现在威士忌价钱水涨船高（而且是失去理性地翻了几倍），像麦卡伦这些大品牌，不管实际做出来的酒味道如何，只要写上"限量"就可以大卖，而且全世界无论是喝酒的、不喝酒的人都会想抢一支。到最后，这一切都是炒卖，跟酒本身已经无关了。

炒卖麦卡伦有几疯狂？举一个亲身例子。几个月前，麦卡伦在网上发售另一款限量威士忌，定价195镑。因为限量，所以要上网登记随机抽出购买的资格。可能麦卡伦知道我这个穷书生生活窘迫，竟然给我抽中了。我虽然喜欢威士忌，但对我来说，麦卡伦一直都只是"可炒卖而不可亵玩"的玩意，所以很快就把酒卖掉。一买一卖就翻了几倍，已经等如我写大半年专栏的稿费了。

麦卡伦在斯佩河旁边，以前在斯佩河附近的酒厂不会形容自己来自斯佩河附近，而是称自己为格兰利威（Glenlivet）酒厂，这些酒厂以往会在自己名称后面加上格兰利威（包括麦卡伦以前的名字是 Macallan-Glenlivet）。

Glenlivet 本身是地方名，同时也是当地第一间合法酒厂的名称。在十九世纪的时候，很多附近的非法酒厂为了可以叨 Glenlivet 的光，纷纷在自己的名字后面加上"-Glenlivet"。后来"真·Glenlivet"几次告上法庭，抗议其他酒厂拿着 Glenlivet 的名字"吃豆腐"，最终达成和解：他们容许其他酒厂在名字后面写"-Glenlivet"，而自己则改名为"The Glenlivet"，是唯一的格兰利威酒厂。

　　麦卡伦有名的是雪莉桶（Sherry Cask）威士忌，但愈炒愈贵，想喝差不多口味的威士忌，不妨试试 Glengoyne、Glendronach 和 Glenfarclash 等牌子,同样以优质雪莉桶闻名，便宜一大截，但质素绝对不输老麦。读者可能奇怪，很多威士忌牌子都以 Glen- 作开头，此字本来是苏格兰盖尔语的字，即山谷、峡谷的意思。这些斯佩河附近的酒厂都在高地山谷之上，所以也多以 Glen- 作开头了。

最长的一天

早阵子，V问我为什么不在专栏多写一点足球。大概是这么多年以来听我唠叨太多，不想再听，希望我转移一下发牢骚的对象。这么多年以来也实在难为了V，因为不只做阿仙奴的球迷不容易，喜欢一个喜欢阿仙奴的人也不容易。这些年阿仙奴的表演都惨不忍睹，已经十几年没有赢过英超了。再难看的再丢脸的败仗都吃过，像8∶2、4∶0等等的比数中，阿仙奴都是落败的一方。

不是足球迷的人，永远不会明白我们见到球队落败的心情是如何。我常常说，在伦敦最开心是入场睇阿仙奴，最伤心也发生在球场之内。球场可以是天堂，也是地狱。

辛苦工作一星期，终于等到Saturday 3pm，英超开球的时间。几万人跟你一样穿着红色球衣，欢天喜地非常雀跃来到球场，扯尽喉咙支持球队。然后呢？歌也有得唱："赢输都无时定"嘛，入场看十场比赛，输了五场。主场落败，除了坐满作客球迷的那个角落之外，愁云惨雾笼罩球场。

有一次，输了比赛之后，坐我旁边的那名文身怒汉，先是又打又踢前后的凳，然后在看台上大叫嚎哭蹲了下来，情绪很不稳定、久久未能平服。肯定在球场内的投注站押了重注给阿仙奴，对手是屈福特（Watford），又有谁会想到阿仙奴会主场落败……所以阿仙奴球迷还是最好"睇波不赌波"，伤心少很多。比赛完了，慢慢走到阿仙奴地铁站。上车之后，全车乘客都是"自己人"，都穿红衫，但个个面如死灰、像参加丧礼一样。不是球迷的人见到的话，应该会觉得好笑。

看足球不只看比赛，还会看"转会市场"，看看球队能否招揽罗致新球员。喜欢足球的人，有钟意的球队也有喜欢的球员，但那个喜欢的球员未必一定在你喜欢的球队之中，而转会市场就是一个将两者融合的机会。转会市场有时间限制，一年只有两段时间可以有球员买卖。每年的8月31日都是很重要的一日，就是 transfer deadline day，转会市场的最后一日。

不同球队都会在夜晚十一点之前，完成所有买卖。这天非常刺激，外国的体育媒体甚至会有特备节目，全天直播转会消息。在每个球会的球场附近，电视台都派驻一个记者守候，看看有没有球员现身球场、加入或离开球队，整天的节目都紧贴着最新消息。

以前在香港，因为时差、也因为之后一日（9月1日）是开课日子，总不能撑足全晚看直播，只可以起身之后看新闻。很记得六年前，阿仙奴刚刚输了那场经典的2∶8给曼联不久，来了一场"恐慌性收购"。那年的9月1日，一觉醒来立即看转会新闻，一个晚上一口气买入五个球员。

今年转会市场我人在英国，没有时差也不需开学，整天坐在家中看转会消息直播。球队也刚刚大败给利物浦，以为球队知耻近乎勇，会买一些新球员增强实力。整天看着直播的"转会日倒数"，一分一秒倒数着。最后，除了有球员离开之外，什么都没有发生。这是最长的一天。阿仙奴，无得救了。

台式世界杯

　　世界杯大概是世界上唯一一件事，可以吸引整个地球的人一起参与。就像台湾人，明明本身就不爱看足球，日常报纸上的体育版甚至不见足球的新闻，来到世界杯还是忽然狂热起来。林飞帆开玩笑说，他连基斯坦奴朗拿度（Cristiano Ronaldo）[1] 究竟是西班牙人还是葡萄牙人也搞不清楚，不过也不重要，两队都如此努力如此拼劲，贯彻奖门人精神：打和就最好了。

　　在台湾短租的地方，本来有部电视机，但这么几年以来一个人的生活，早就习惯没有电视的日子，与其长时间驳

1　编注：又译作克里斯蒂亚诺·罗纳尔多。

通电视和那个小小机顶盒的电源，索性拔除，减少无谓的耗电，一来保护地球，二来省电费。屋里本身还有一个小雪柜，但既然房间不能煮食、楼下也有便利店，根本就无冷藏之必要，雪柜电源当然也一样拔掉可也。我买书太多，书架早已放满，要物尽其用，我把这个不冷的雪柜也变成书柜。

说回电视机，趁着世界杯开锣，还打算接驳好来看看球赛，将电线左插右插一轮之后还是接收不到信号，扫兴到不得了。不过台湾人还是"佛心"爆棚，不像香港一样要电视台皇恩浩荡才有十多场赛事是免费直播（当然实际上也是国际足协的规定，在合约中指明电视台必须免费播放部分赛事）。在台湾，取得正播权的那间电视台在世界杯开幕之后，公布了最新消息，说六十四场赛事都会全部在网上免费直播，不过免费收看的话就没有高清。但看足球又不是看爱情动作片，高不高清其实都没有太大关系。

相比起没有高清的质素，旁述才是更重要的事。旁述这工作殊不简单，要集声线不沉闷、内容充实、语言精准于一身的人实在不多，何辉、马启仁、丁伟杰算是香港近年最好的旁述。免费电视台一向对旁述质素这回事不太重视（其实不止旁述，那个在香港独市垄断的电视台又何曾重视过"质素"？），好些年前曾经找来陈宝珠公子客串旁述，表现惨不忍睹。

至于台湾电视台的旁述也一样特别，充满"台湾特色"。例如介绍出场阵容时，很喜欢说"门将的部分是 ××、后卫的部分是 ××"。"×× 的部分"是平常在台湾吃饭最常听到的说话，例如当你吃完前菜之后，他们总爱说"这个前菜的部分可以帮你整理一下吗？"前菜就前菜了，什么是前菜的"部分"呢？实际上，这种"台腔"语言是一种偏执抓狂的多余。所以听到"门将的部分"，我差点以为旁述想要说"整理一下"。

另一个有趣的地方，是在整场比赛中，他都说"这就像在篮球里面的……"，说了很多很多次。可能在这个旁述心中：足球就是不能用手打的篮球，那个在球场上引来众人追逐的球体只是一个白色的篮球。

看球赛看到半夜，开始肚饿。落街买了一份盐酥鸡"医肚"，今年是我的台式世界杯体验。

我的世界杯

　　世界杯对很多人来说是一场足球的启蒙，每四年一次，感召男女老幼加入球迷行列。所以"你是哪一届的？"这条问题，每个球迷心里都有自己的答案。因为每个答案都是一种身份认同，代表了你"球龄"的深浅、是看什么球星长大。

　　我是"02年班"的球迷，就是巴西击败德国夺冠的日韩世界杯，也是朗拿度（Ronaldo）"仙童头"、碧咸（Beckham）"鸡冠头"的那一年。那时候我十岁未够，才刚刚开始看足球，当年的记忆也开始模模糊糊，现在只记得亨利（Henry）第二场对乌拉圭就红牌出场、英格兰的门将施文（David

Seaman）在八强给朗拿甸奴（Ronaldinho）[1]"笠死"[2]、韩国的守门员叫李云在……

那时候世界杯完结，空虚了好几个月，发觉总不能等四年才再看足球，唯有发掘几乎每个星期都有的球会赛事来看，然后喜欢了当年亨利和施文所属的阿仙奴，一看就回不去了。之后成为阿仙奴的"忠粉"、为了阿仙奴而去伦敦读书的故事，大家也应该听过了。

老实说，真正的球迷（每星期都看球会比赛的球迷）通常都不太喜欢看世界杯。国家队的比赛通常都不及球会的比赛好看，不像球会几乎每天都一起训练夹惯夹熟，国家队的球员一年到尾都没有几多天是一起集训，球员之间默契欠奉，球赛也自然不太可观。

不过，世界杯始终是世界大事，作为球迷总得投入参与。相比起不少朋友下注将金钱、情绪和感情押放在一个国家之上，我通常以"买球衣"来考眼光。买球衣当然希望所买的那一队可以打到最后、在电视机前亮相最多。如果不幸买了

1　编注：朗拿度又译作罗纳尔多，碧咸又译作贝克汉姆，施文又译作大卫·希曼，朗拿甸奴又译作罗纳尔迪尼奥。

2　编注：笠，lob 之音译，解作皮球成抛物线越过球员头顶。

小组赛就出局的国家，一件球衣只打得三场赛事，那就蚀大本了。

一直以来我的眼光都不错，几乎每次只要我有买，哪个国家都可以打到最后一场。像 2006 年世界杯的法国、2014 年的德国和前年欧洲国家杯的法国都成功打到最后一场（不过打到最后一场不等于可以笑到最后）。

不像球会赛事，我没有固定支持一个国家。一直以来都是哪个国家最多阿仙奴球员入选我就支持（以往法国队通常都有三四位阿仙奴球员，因此我支持得最多的就是法国），孰不知今年的阿仙奴实在太弱，只得几位球员有份代表国家踢世界杯，我想来想去都选不了一个国家支持。碰巧世界杯期间，去了日本找朋友聚旧，我索性支持蓝色武士，在日本买一件日本球衣。

但难题又来了，日本队的二十三个球员我都不算太认识，认识的也不喜欢，那么应该烫印哪一个号码、哪一个名字在背面呢？想了又想，日本队后补名单上有个前锋球员叫浅野拓磨（Takuma Asano）。虽然他名落孙山没有去得成俄罗斯，但我还是印了他的名字。为什么选择烫印一个落选的球员？原因很简单，因为他效力的球会就是阿仙奴。

邻舍与仇敌

足球场上的宿敌对决叫"打吡[1]大战"(Derby Game)，像西班牙的皇家马德里对巴塞隆拿就叫"国家打吡"。上世纪统治西班牙的独裁领袖佛朗哥将军，本身是皇马球迷。他不断利用政治手段，从影响球员转会到走入巴塞球员更衣室出言恐吓，卑鄙手段应有尽有。佛朗哥是要针对巴塞隆拿球队，希望皇马可以继续称霸联赛，要战无不胜攻无不克就总得用点手段。但背后更重要的政治目的，是针对巴塞隆拿的最大民族——加泰隆尼亚人。独裁者就是喜欢耍这些伎俩，要全面将敌人封杀。

---

1 编注：又译作德比。

死敌有很多种，像皇马和巴塞之间势成水火，主要是政治问题的延伸，后来一些球员之间的来回转会，像费高（Luís Figo）[1] 像朗拿度等等，其实都比不上西班牙人和加泰隆尼亚人之间的民族情仇。但不是所有"打吡大战"都如此政治敏感，像英国足球的很多打吡，都叫作"同市打吡"，纯粹是两队距离太近，大家觉得对方"笃眼笃鼻"。像利物浦和爱华顿都在利物浦市之内，两个球场只是隔着一个斯坦利公园（Stanley Park）。《圣经》上说"要爱邻舍如同我们自己"，还要"爱你的仇敌"，看来在足球场上应用不来，信徒们要多加努力。

一山不能藏二虎，像曼彻斯特的曼联和曼城，两队已经斗得难分难解，再看看伦敦，就肯定是"七国咁乱"[2]。单单是顶级联赛"英超"的球队，就有五队来自伦敦。谁是 Kings of London 是讨论七日七夜都不会有结论的问题，因为即使车路士是今年的冠军，我的答案仍然是阿仙奴，而其他球队的拥趸又有他们的答案。伦敦有太多球会，几乎每个星期都有伦敦打吡的赛事，所以我们还会按伦敦不同部分细

1　编注：又译作菲戈。
2　编注："咁"意为"这么"、"那么"。

分死敌的仇恨程度，像阿仙奴和热刺就属于北伦敦打吡。

入场睇波，每队都有各式各样的歌和口号，可以尽情大叫尽情发泄。不难见到一些入场的英国男人，甚至还未赶得及脱下西装，平日戴绅士面具戴得太久，五官都绷紧了。球场是他们得到解脱的圣所，一个星期以来在工作在生活上所受尽的各种屈辱与压力，进入球场之后就可以疯狂爆粗尽情抒发。九十分钟之后，场上球员座上球迷，几万人都一样出了一身汗，将压抑释放出来。

阿仙奴的比赛，无论对手是哪一队都总会听到一句口号。其中一个球迷会突然大声问"提到热刺你会想起什么"，然后全场就会一起回答那个代表粪便的 S 字粗口，然后那个球迷会立即再问第二条问题"提到粪便你会想起什么"，答案当然是全场大叫热刺。过去的球季是二十二年以来，热刺的最后排名首次比阿仙奴高，伤透了阿仙奴球迷的心，不要说 Kings of London 了，就连 Kings of North London 之名也保不住了。

阿仙奴和热刺球迷牙齿印[1]非常之深，上年阿仙奴作客

1　编注：意即人与人之间的仇怨或过节。

热刺，客队的球迷就将热刺球场上的一些装饰标语拆烂。到几个月之后，轮到热刺作客，他们的球迷就把阿仙奴球场内的厕所洗手盆都打烂，作为报复。

不过，是否阿仙奴的球迷和热刺的球迷都不能够成为朋友？这也未必，我是阿仙奴的标准粉丝，而我的"师父"、论文指导老师，就是热刺的球迷，我们相处也很和睦的。不过，和谐相处的方法是，我们还未试过一起讨论足球。

一个年代的终结：再见云加

关于足球、关于阿仙奴，我这个每年都准时交阿仙奴会费的会员，也因为阿仙奴而选择到伦敦读研究院的球迷，可以有写不完的话题。但毕竟专栏在副刊，除非有大事发生，要写足球的话都总要拉上政治或文化才算合适（appropriate）。今个星期，大事发生了，阿仙奴领队云加（Arsène Wenger）宣布季尾离任，结束二十二年的阿仙奴生涯。

著名美国政治学者 E. E. Schattschneider 说过一句话，他说："没有政党的现代民主制度是不可思议的事。"（Modern democracy is unthinkable save in terms of the parties.）对我来说，"没有云加的阿仙奴是不可思议的事。"（Arsenal is unthinkable save in terms of Arsene Wenger.）——即使我曾

经有份在现场向云加喝倒彩，即使我觉得他一早就应该离开。因为没有云加的阿仙奴是不可想象的，我十岁开始看足球，那时候云加的阿仙奴如日方中，每年跟曼联争冠军斗得你死我活，那是十五年前的事了。现在，阿仙奴变了跟般尼（Burnley）斗得你死我活，争第六的位置。球队中有四个球员是在云加1996年执教阿仙奴之后才出生，而云加还是领队。

连续执教二十二年这概念在现代足球来说，在费格逊（Alex Ferguson）于五年前退休和云加离任之后，应该后继无人了。就是要在电脑游戏"足球经理人"（Football Manager）中连续玩二十二个球季，一方面不给球会"炒鱿"，另一方面自己也坚持得住完成二十二个球季，都非常困难。更何况在现实世界里面，除了近年赢过三次"杯仔"足总杯之外，十四年来没有赢过英超、曾经连续九年一只杯都没有赢过（不计那只在季前热身赛、自己颁给自己的酋长杯）、头号球星相继出走，到最近两年还要给死对头之中的死对头、同样位处北伦敦的热刺爬头[1]。经历过这么长久的低潮，能够撑到今时今日才离开球队，要成就这二十二年的故事，无论

1　编注：意即超越。

是球会抑或云加本身，唯一原因就是——人情味。

云加 In or Out 的问题，像理性与感情的对决。感情是云加带来过很多成功，也将球会长时间维持在头四位之中（直至上年开始跌出前四）。这两天看到很多人写云加的功过，当然会提到他给英国足球的种种贡献：像改变球员的饮食（将以往炸鱼薯条啤酒变成"有营"餐单）、像坚持地面短传进攻（而非传统英式的高空轰炸、狂跑狂冲）、像眼光独到地将球员改造（亨利、云佩斯以往都是翼锋，改造之后变成顶级射手）。云加还有很多很多的贡献，数之不尽。

而理性呢？就是战绩持续低迷就应该换人，人情味可贵但终归不能当饭吃，球场上最重要的还是胜负。像很多球评人所言，其实球会能让云加执教到今日，已经很宽容很仁慈了。

今个球季是阿仙奴近二十多年来打得最差的一年，球迷在比赛日的时候，租用飞机拉着写上 #Wenger Out 的标语在球场上空盘旋，云加终于离开是众望所归。但当他真的发出声明，说要在季尾离开的时候，我却觉得失落，觉得一个时代真的要结束了。因为每个星期看阿仙奴比赛的习惯，从小学开始坐在电视机前，到后来读博士、真的坐在球场当中、眼前就是站在场边的云加，在我成长的这段时间，除了我家人之外，原来只有云加没有改变过。

阿仙奴的球迷有句自我安慰成分很重的标语，挂在球场之内，大大只字写着"You Can't Buy Class"。针对的当然是近年给油王或酋长买下的车路士和曼城。钱可以买球员买冠军，但买不了 Class。究竟所谓的 Class 是什么？是球队的历史？还是冠军的数目？全部都错，因为说到底我们口中的 Class，其实就是云加，就是那个永远都西装笔挺、绰号"教授"的云加。

相聚离开，都有时候。球员也好教练也好，始终都有离开的一天。在每个球季的最后一场主场比赛，全部球员都会在比赛完结之后围绕球场走一圈，多谢球迷一年以来的支持，也是一个短暂的道别，因为每年都总有一两个球员退休或离队。前年的时候，我最喜欢的一个球员——捷克的路斯基（Tomáš Rosický）要离开阿仙奴，其他阿仙奴的球员也一起穿了他的 7 号球衣来送别他。我旁边的英国小男孩，双眼通红不断向球场挥手。

我拍一拍小男孩的膊头，跟他说："聚散有时，这就是人生了。"不过，我不知是因为他还年轻，抑或不懂中文，他不知道我在说什么。不过，他始终有一天会明白的。